吾妹は姉である

梅田丘匝

ごまめ書房

吾師へ多謝とともに

目次

左馬の記　―イントロダクション―

吾妹は姉である。吾妹と言っても、大昔みたいに恋人の意ではない。ただの妹だ。説明が必要だろう。僕が属する落語界には、一日でも先に入門していれば実年齢に関係なく「兄《あに》さん」「姉《ねえ》さん」と呼ぶ掟が存在し、僕は妹の〝弟〟弟子なのである。

妹が大学の落研に入る時は面白がっていた暢気な兄でさえ、プロの噺家を目指すと聞いてさすがに驚いた。むろん両親は心配し、何度も止めたらしい。僕だって世間並みの兄貴を気取って説得しようと思ったのだが、妹は言い出したらきかない性分だから放っておいた。尤も当時の僕は外国をフラフラしており、地道に生きろなどと言っても説得力がなかっただろうし、女の子では断られるに違いないと高を括っていたフシもある。

しかし運があったのか縁があったのか、妹はあっさり入門できた。弟子入り志願した鳩巣亭右生《きゅうそうていうしょう》師匠は無類の競馬好きで、妹の本名「未也子」を気にいってくれたという。なんでも、同名の馬がイギリスだかアメリカだかにいて、その血脈が歴史的名馬を経由し世界中に広がっているのだそう。「ミヤコこそ最もグローバルな日本女性名なんだ」、師匠は酒が入る度に力説した。入門後の僕は、(世の人すべてが競馬ファンじゃあるまいに……)、そう心で呟きつつ、本人と両親に代わって毎回お礼を述べた。

見習い期間を経て、未也子は前座「小右女《こうめ》」になる。師匠の一字をもらって命名されるのはオーソドックスな形だ。

右や左には助けるという意味もあり、「小さく助ける女、奥床しくて私のためにあるような名前だわ」と、本人はいたくご満悦の様子である。ずいぶん長い間兄妹をやっているが、小さくも大きくも助けてもらった記憶はない。私のためにあるとまで言ぅのなら、とっとと名は体（態？）を表して欲しいものだ。

未也子が前座だった時分、僕はカナダの旅行社にいて詳細は知らない。それが、三年の修行を潜り抜け二ツ目なる階級に昇進したとかで、「記念旅行にそっちへ行きたい」と連絡がきた。「結婚並みだなぁ」と茶化したら、「噺家にとって、二ツ目になるのは人生最大の喜びなのよ！　結婚や真打昇進の比じゃないの！」、そう真剣な声音で訴えられた。

二ツ目の披露が五月の十一日より六月の二十日まで続き、カナダへ行けるのは六月末になる。時期的にはどうだろうか？　という問い合わせであった。

悔しいけれど、ベストである（なにも悔しがらなくてもいい）。ロッキーの湖は五月まで凍っているし、七月には各種料金がどっと高くなるからだ。

かくして、掻き集めたご祝儀を抱えた未也子が、僕の暮らすアルバータ州バンフにやってきた。同期の女の子を伴っていた。

「楓家《かえでや》紅枝《べにえ》と申します。ベニーと呼んでください」

大きな目がくるっくるっとして、小柄な身体にショートカットが似合っている。いまにも笑い出しそうな口元も好ましい。

　こなた未也子は、もっと昔に生まれていればチヤホヤされたであろう顔立ちだ。切れ長で一重の目が、色白で下ぶくれ気味の顔に付いていて、口は小さい。カテゴリーが近いのは、生物なら平安貴族、静物なら埴輪である。

　ベニーは高校卒業後すぐ入門したので未也子より四学年下、僕とは七つ違いだった。

「べにえ、ってどんな字書くの？」

「紅《くれない》に枝《えだ》です」

「楓に紅に枝かぁ。カナダにぴったりの素敵な名前だね」

「ありがとうございます。今回の旅行に誘って頂いて、自分でもそう思いました」

　修行の賜物か、目上に対する口の利き方は板に付いている。

「やっぱり師匠から一字もらって？」

「はい。でも師匠は紅《くれない》をコウって読むんです。楓家紅作《こうさく》っていいます」

「女の子にはベニのほうが似合うもんね、口紅のベニ」

「は……いえ、師匠はジャズが好きなものですから」

「ジャズ？」

「はい。師匠が憧れていたニューオリンズに、有名なドーナツ屋さんがありまして、それを食べた時、〝ついにジャズの聖地へきたぞ〟って感動したそうなんです」

「……？……」

「そのドーナツの名前がベニエで、私に似てると言うんです。エーッて抗議したら、あ、師匠は叔父なんですけど、本場のは素朴でかわいいと言うんです。私もだんだん愛着が湧いて、どうしても現地で食べたくなったんです」

　ああ。ちょっぴり角ばってふくらんで、細かな砂糖をまぶしたドーナツは、たしかにこの娘《こ》のイメージかも。

「そういう訳なのよ、お兄ちゃん。このあとアメリカ廻るんだから費用節約に協力してよね」

……新手のタカリである。

　幸いにも、事務所兼宿舎にしていたのが社長の所有する別荘で、部屋に余裕があった。二人は三泊し、アルバータビーフとレインボートラウトをたらふく食べた。合間には僕がガイド仲間の車を借りて、プライベートツアーにも連れていった。

　ロッキー観光はバスか車で廻るのだけれど、一ヶ所だけ入れない場所がある。レイクルイーズの先の氷原、コロンビアアイスフィールドだ。ここにはタイヤが人の背丈ほどもある、落語風に言えばスノーモービルの取締役が待っている。定員は六十人。ハネムーンだろうがフルムーンだろうが貧乏旅行のバックパッカーだろうがＶＩＰだろうが、探検家以外はこれに乗らなくてはならない。

通常はドライバーが運転しながら案内をする。しかし日本人のように団体でくるのがわかっていて、且つ英語が伝わりづらいのもわかっている場合は、同じスノーモービルに集めて、バスのガイドが代わりを務めるシステムになっていた。一台に少なくとも二組、多い時は五組も六組ものツアーが一緒になる。当然同じ数のガイドがいる。案内するガイドは、同業者に向かって喋る試練に対峙するのだ。

「あら、なんだ。牧ちゃんがいるじゃん」

スノーモービルへの連絡バスを待っていたら声を掛けられた。僕の苗字は牧村である。振り返ると最大手と提携しているガイドサービス所属の、バンフ駐在のガイド一同がお姐さんと慕う?女性スタッフだった。

「良かったぁ。牧ちゃんやってくれるでしょ」

「残念でした。今日はプライベート」

「プライベート?氷河観たくなったの?一昨日もいたじゃん。地球温暖化とはいえ、まだしばらく無くなりそうにないわよ」

僕は眼で未也子を示す。

「あらっ、彼女?」

「初めまして。妹の未也子です。兄がいつもお世話になってます。友達と遊びにきました」

ベニーが会釈をする。

「あらそう、妹さん。そう言われれば似てる。こちらこそお世話になってます。知ってる？　お兄さん、ガイド上手なのよ」

「ヨイショしたってなにも出ませんよ。見渡したところ、今日はお姐さんでしょう。謹んで拝聴させていただきます」

ツアー人数の一番多いガイドが担当する慣例なのである。と、彼女が僕の袖口をつまんで後ろを向き、声を潜めた。

「ねえ、マジでやってくんない？　お客さんの一人に妙な気に入られ方しちゃってさ、案内してる最中に話し掛けてくんのよ。余所のツアーに迷惑でしょ。かといって他のメンツじゃあねぇ……。今度二日酔いの日にでもお返しするからさ」

そこまで言われて断っては男がすたる。それに、二日酔いの日は必ずやってくる。妹とその友人の前でイイ恰好したいという欲も、まったくなかったといえば嘘になるだろう。

マイクを握って第一声、この緊張感が堪らない。

「え～皆様、ようこそカナディアンロッキーにおいでくださいました。後ろに陣取っているガイドの先輩連から命令されまして、しばらくの間ご案内をさせて頂く牧村と申します。どうぞよろしくお願い致します」

予定外で気負いがなかったせいか、いい出来のまま過ぎた。お客さん方も、明るくてよく反応してくださった。有り難い、兄貴としての面目も立つ。

「間もなく到着でございます。時間もありませんので、簡単なご質問でしたらお答えいたしますが……難しい質問は自分のバスに戻ってからする決まりになっております」

最後のお約束でも笑いがきた。

「それでは、くれぐれもお身体に気をつけて、楽しいご旅行をお続けください」

拍手の中、頭を下げる。至福の瞬間だ。こんな想いのできる仕事が他にあるだろうか。

「牧ちゃん、ありがと。助かった」

最後に降りて来たお姐さんが、そう言って自分のお客さんの方へ走っていった。

「お兄ちゃん、なかなかやるね」

「ウケてましたよね」

と、ベニー。

「この業界も厳しくてさ、ウケないと仕事もらえないんだ」

「クビですか？」

「いや、飼い殺しだな。アンケートや添乗員のリポートに書かれたらアウトだよ。逆にウケるとなれば日本から指名が入る」

「まるで芸人ね」

「もっと厳しいかも。寄席で、初日ウケなかったとしても降ろされはしませんもんね」

「普通の人がカナダへくるのは一生に一度だろ？　お金と時間があれば、違う国へ行くから。僕らにとっては一期一会でも、会社には大事なリピーター、いつでもどこでもベストを用意しようとするんだな」

「参考になります。フフッ」

「どしたの、ベニー」

「お兄さんの話し方、小右女姉さんに似てるな、って思って」

「そうかなぁ」

「そうですよ、姉さんにそっくりです」

いいや。僕のほうが三年半も先に生まれたのだ。末也子が僕に似たのである。

その年の冬、母親が白内障で入院した。手術で治ると聞いてはいたが、シーズンオフでもあり帰国した。不自由はあっても痛みはなく、入院患者としては恵まれているほうだろう。僕も気軽に病院を訪ねた。ところがベッドの上の母親を見て、自分で驚くほど狼狽してしまった。

母は気配でこちらを向くと、細かい文字を読むように目を細めた。

「穣《みのる》かい？」

咽が詰まって返事が出来なかった。

「わざわざ帰ってこなくてもよかったのに。みんな忙しいんだしさ」

僕は見えない目に何度も首を振った。

「穣だろ？」

母の傍らでラジオが笑い声をたてた。

その晩、僕はカナダに連絡をして、バンフの住まいを引き払った。

折よく日本は格安航空券が市民権を得た時期で、勤め先には困らなかった。母の眼も、人工水晶体を入れた途端に治った。前より良く見える、と言っている。「私が一度行くまでカナダに居ればよかったんだよ、ホントに」と、重ねてのたまうのだった。

絵に描いたようなサラリーマン生活が始まった。いずれ結婚して家庭を持って……それも幸せの形であろう。

単調な日々を送るうち、一つ覚えた趣味が落語だった。定期的に未也子やベニーが勉強会と称して催しを開く。そのチケットを売りつけられたのがきっかけである。次に、二人が出ている寄席を覗いてみた。不思議な空間だった。それは知らない場所ではなく、忘れていた場所だった。眠っていたＤＮＡが目を覚ましたのか、しばらくこの国を離れていたのに、いや離れていたから、砂が水を吸うように噺が染み込んでくる。

そんなある日「小右女・紅枝二人会」があって、その打ち上げに同席させられた。落語会などというものは、不特定多数の人が集まって噺を聴き、終わったら帰るもんだと思っていたのに、どうも様子が違う。二十人を超えるお客さんが打ち上げにきたのである。噺家それぞれに御贔屓がいるのだという。また一つ、知らない世界を見た。

学生風の若い男に熟年の方々、働き盛り、女性も含めて守備範囲が広い。着物姿が目立つのは、ベニーのお祖母ちゃんが踊りを教えている関係で、ベニーも名取りだそう。お祖母ちゃんは紅作師匠の母親にあたる。稽古事が身近な家庭環境なのだろう。

僕は出演者以外に知り合いがおらず、その知り合いは接待に忙しい。仕方なく、黙々とビールを呑んでいた。

「麻薬だもの、人には奨められないわ」

「ホント。本当に、そうよね」

物騒な会話が聞こえた。斜め後方だ。僕は怪しく見えない程度に首を捩り、目を一杯に寄せる。視界の端に、和服姿の女性が映った。背中に聴覚を集める。

「これさえあれば若い子に勝てる、って力が湧くのよね」

「そう、そうよ」

麻薬より強壮剤の噂に近い。チラッと見えた感じだと、アラヒフからアラカンのグループだ。

「季節を考え、小物を揃え、色と柄を組み合わせ、鏡を見て、迷う。着物には女の欲求を満たす全てがあるのよ。おまけに体型も隠れる。もう、小娘には絶対負けない、って思うのよね」

「お芝居へ行く時に着物を選ぶ恍惚感っていったらないわね。まさに麻薬よ。大人の女の麻薬。お友達には勧められないわ、フフフ。時々さぁ、お芝居行くために着物着るんだか、着物着るためにお芝居行くんだかわかんない時があるわね」

どうやら和服二人組が、形式的には堕ちてゆく我が身を嘆き、友人達を押し留めようとしているらしい。嬉々として優越感に溢れた顔で嘆くのは麻薬の作用か、それとも、全女性が持つ魔性の素養か。今日の二人会なんぞは、落語のための着物なんだか着物のための落語なんだか問うまでもないのだろう。世の中は広く、女は深い。僕は溜息をつくと、しばし深慮に沈んだ。

そこへ徳利とビール瓶を持って歩いてきた未也子が、半端に残ったビールを僕のグラスに注ぐと、耳元へ口を寄せてきた。

「お兄ちゃんの分ぐらいは浮きそうよ」

そう言うなり、僕の前から手付かずのビールを取り上げ、去っていった。他人の割前でロッキーの恩を返すつもりだ。しっかりしている。僕は外見上もしっかりしている後ろ姿を見送った。身の幅は広く、欲は深い。僕は再び深慮に沈むべく、再び溜息をついた。

すると、今まで隣と激論を交わしていた斜向いのお客さんが突然話しかけてきた。眼鏡の奥が光っている。

「失礼ですが、小右女さんのお知り合いの方ですか？」

「ええ、まあ」

「そうですか、いいなぁ。お一人で淋しそうに見えたんで気を遣われたのでしょう。うん、優しい人なんですよ」

さっきのアイツの発言を教えてやりたい。寅年ゆえ、いつも猫を被っているに違いない。

「小右女さん巧くなりましたよね。そう思いませんか？」

「はあ。僕は最近聴き始めたので、よくわかりません」

「そうですか。じゃあ、これから追い駈ける楽しみが出来ましたね」

冗談じゃない。なにが悲しくて妹を追い駈けなくてはならないのだ。向こうは同士と見たのか、接近を試みてきた。

「どんな噺《はなし》がお好きですか？」

「いやぁ、詳しくないもんで」

「別に小右女さんの持ちネタじゃなくてもいいですよ」

持ちネタも下ネタも、落語の演目なんか知らない。社会生活に必要ないではないか。

「お兄さん、今日はありがとうございます」

ベニーだった。

「お兄さん？」

「そう。こちらは小右女姉さんの、お兄さん」

斜向いの眼鏡の奥が、さらに光った。

「たしかに似てるような……」

「そうでしょ。顔も似てますけど、はなしも似てるんですよ」

「はなし？　お兄さんも噺家なんですか？」

「いえ、そうじゃなくて……そうですよ、わたし思ってたんです。お兄さん噺家に向いてますよ、ゼッタイ。着物も似合いそうだし。カナダのガイド面白かったもの」

カナダのガイドかぁ……風が抜けて青い空が広がった。笑い声の中、頭を下げる自分が見えた。

拍手が鳴った……。

あ、ここにもあの仕事がある。ここに自分の居場所がある。

意外にも、未也子はあまり反対しなかった。

「向き不向きなら向いてるかもね。でも世間が思っているような粋な業界じゃないよ。お兄ちゃんの嫌いな上下関係もあるしさ、一廻りも下の子を〝兄さん〟なんて呼ばなきゃなんないんだよ」

「それは覚悟してる」

「話に聞くのと実際に経験するのはすっごい違いなのよ。私はさ、女ゆえのセクハラはあったけど、そのぶん別物として扱われてたからね。海外生活が肌に合ってたお兄ちゃんはどうかなぁ。どっぷりつかると辛いんじゃないかなぁ」

「わかってる。正直言って合わないかも知れない。でも、突然前に道が開けたんだ。モーゼの心境だな」

「モーゼ？　珍島物語じゃないの？　それも、歩き出した途端に海に戻っちゃって、溺れちゃうかもよ」

「それならそれで仕方ないさ。俺な、二十歳《はたち》になった時〝もう子供じゃないんだから馬鹿やってらんない〟って思ったんだ。それが二十五になった時〝二十から何でも出来た、でももう二十五だからしっかりしなきゃ〟って思った。三十になった時は〝二十五なら何でも出来た、でももう三十だから落ち着かなきゃ〟って。この分だと三十五になった時も同じように考えると思うんだ。おそらく四十になった時も」

「……誰のとこ行くの？」

「え？」

「どの師匠に弟子入りするつもりなのよ？」

「そこまでは、まだ……」

「それが大きいのよォ。でもお兄ちゃんの場合は歳が歳だもんねぇ、採ってくれるかどうかが先決よね」

「やっぱり難しいかな」

「そうねぇ……。好きな師匠、聴いてみて面白かった師匠はいるの？」

「たくさんいるなぁ」

「印象が強かった人は？」

「それは右生師匠だな」

「ウチの師匠？」

「ああ。最初に行ったおまえの勉強会に出てくれただろ？」

「うん。節目の回だったわね」

「あの日、何てったっけ、ほらっ旦那が続けて早死にする噺」

「短命？」

「それやってくれたよな」

「師匠、あの噺好きなのよ」

「その時は特別なにも思わなかったんだ。でも寄席へ通うようになると、いろんな人の短命を聴くだろ？」

「よくかかる噺だもんね」

「それが、こう、なにか違和感あったんだ。何だかわからなかったんだけど、この前気付いた」

「何だったの？」

「おかみさん。それぞれ違うんだよね。ケンカ腰だったり、ご飯てんこ盛りにしたり、で、笑いをとってる」

「そこが落語のいいとこだもん。演者の個性と裁量で」

「でも、右生師匠のおかみさん普通だった。遅いのを心配してて、照れ隠ししてご飯よそって。笑いは少なくても、俺そっちのほうが好きだな」

「…………」

「可笑しいってより面白かった」

「……ふーん。……そう」

「うん、落語がちょびっと近くなった」

「……ふ～ん。……じゃ、ウチにきたら」

「おまえがいるからだって思われないかな」

「いいんじゃない、元をたどればそうなんだもの」

「いや、右生師匠が気を悪くしないかなって意味だよ」

「師匠はよく言うよ。それ込みで運だ、それ込みで縁だ、って」

妹が姉さんに見えてきた。

弟子入り志願は、寄席や落語会の楽屋口で直訴する形が主流である。僕の場合は未也子が話を通してくれて、師匠の住まいがある市川市八幡へ伺う段取りになった。

未也子のシナリオによると、金曜の午後が狙い目。印刷したての競馬新聞を手にして機嫌がいいそうである。師匠に限らず競馬ファンは、翌日のレースは全て当たると信じて疑わない幸せな人達だ。反対に月曜は無口になるか、一日中言い訳をしているかになる。いずれにしろ他人のお願いを聞く余裕はなかろう。

落語の稽古のため、ブツブツ喋りながら歩く噺家が一定数いる。すれ違った方々は不気味な想いをされていらっしゃるだろう。業界を代表してお詫び申し上げたい。師匠は競馬の予想も同様で、駅で競馬新聞を買って葛飾八幡宮に参拝し、真間川沿いをブツブツ徘徊する。すれ違う方の困惑も同じかと思われる。一門を代表してお詫び申し上げたい。

やがて歩き疲れると、鬼越駅傍の『ふわふわベーカリー』に寄り、名物のマドレーヌと紅茶で、過去の（稀有な当たった）記憶を蘇らせ、最終検討をする。

「ほら、あそこ」

作務衣を着て予想に没頭する横顔があった。道路に面したカウンターの、手元が見えない場所を選んでいて、何を凝視しているのかわからない。服装がスーツならビジネスマンで通るだろう、耳に赤エンピツさえ挟んでいなければ。今日日、ドジョウ髭に頬っかむりをして唐草模様の風呂敷包みを背負った泥棒並みに希少価値のある姿だ。と、突然赤エンピツを抜き取り、手元の新聞に書き込みを始めた。そして上目遣いでブツブツ言ったあと、配当の計算でも済んだのか、ニヤッと笑った。ただの競馬オヤジである。

店に入った未也子は、ためらわず進む。

「師匠、おはようございます」

うーん〝おはようございます〟かぁ。

師匠が目を上げた。

「先日お話しした、兄でございます」

「え、ああ」

未練がましく新聞を一瞥し、身体を起こす。

「初めまして。牧村と申します。妹がお世話になっております」

「いやいや、こちらこそ。小右女、コーヒーでも」

師匠が千円札を出し、奥のテーブル席を指差した。「ありがとうございます」、そう言って未也子がレジに向かう。遠慮が入る余地すらない、流れるがごとく自然な動きだった。型の文化はここにも及んでいる。

テーブルへ移動した師匠は、さっきの鋭い眼差しを僕の履歴書へ注いだ。今にも赤エンピツを手にするのではないかと不安になった。もし印を付けるなら、◎にして欲しい。

コーヒーが届き、我々が口にするのを確認し、師匠が身を乗り出した。

「君はみのる君というのかい」

「はい。牧村穣でございます」

「素晴らしい！　昔イギリスにミノルという馬がいてね、ダービーを勝ったんだよ。それもなんと国王の服色、つまり名義でね。二百年を越える長い歴史の中で、国王の馬が勝ったのは一頭だけなんだ。妹さんがミヤコでお兄さんがミノル、苗字がマキムラ。実に素晴らしい組み合わせだ。親御さんはタダ者ではないな」

両親がナニ者なのか定かではないけれど、とりあえず競馬マニアではない。

人間のミヤコが「また始まった」と、微笑の下に漂わせている。師匠は履歴書を封筒に戻し、改めて僕を見た。

「何でまた噺家なんぞになろうと思ったんだい？　以前から好きだったの？」

「いえ、正直に申しますと、よく知りませんでした。妹が落語家になって興味をもちました。これは失礼かも知れませんが、仕事として自分に向いているのではないかと思いました」

「ふ～ん。別に失礼じゃあないよ。仕事として向くのはなによりだ。落語を聞いて〝雷に打たれました！〟なんてのが時々弟子入りにくるらしい。そんな避雷針か電気ウナギみたいな奴、他の師匠方はどうでも俺には合わないな。例えば、ほら」

師匠が店の奥を示した。

「いい顔してんだろう。この店はハンデキャップを持った人がたくさん働いてる。彼らがみんなパン屋さんに憧れてたわけじゃないと思うよ。でもあんないい顔で、こんなうまいパンやお菓子を焼いてる。それが大事なんじゃないかな。経営者や同僚、家族の尽力は言うまでもないけどね」

そこで言葉を切り、紅茶で口を湿した。

「才能は皆が持ってる。種類や見え方が異なるにすぎない」

ただの競馬オヤジだと思った自分を恥じる。

「ハンデってのは、能力の高いほうが重くなるものでね、人間もサラブレッドもさ。ときに、君は競馬はやるのかい？」

そこからきたか。どこかからはくるだろうと未也子が言っていた。

「はい。少しですが」

「向こうでも観たの？」

「カナダでありませんが、ずっと前にアメリカで観ました」

「ほう。どこ？　何ていう競馬場？」

「ロサンゼルス郊外の、えーと、サンタ・モニカじゃなくて……サンタが付いたように思います」

「サンタ……サンタ・アニタかい？」

「あ、はい。そうでした」

「すごいじゃないか。きれいな競馬場だと聞いてるよ、借景になってってね。馬も憶えてる？」

「はい。たまたま観たのが大きいレースだったらしく、それがマグレで当たったものですから、かすかに記憶があります」

「名前わかるかい？」

「えーと、有名な歌のタイトルに似てた気がします」

「お兄ちゃん、誰の歌？」

「誰だっけな……そうだ、サイモンとガーファンクル」

「サイモンとガーファンクル？　じゃあ……スカボローフェア？」

「昔、ゲインズボローという馬がいたけど古すぎるな」

師匠が注釈を入れる。

「ミセスロビンソン？」

「ミスタープロスペクター、ってのはいたけどミセスは知らないなぁ」

「ボクサー？」

「そりゃ犬だ」

「明日に掛ける橋？」

「………」

そんな馬はおるまい。

「サウンドオブサイレンス？」

「あ、それ。何とかサイレンス」

「まさか！　サンデーサイレンス？」

「それです。土曜日なのにサンデーが勝っちゃったと話したのを思い出しました」

「サンデーサイレンスかぁ……歴史的名馬だよ。じゃあ、レースはサンタアニタダービーか。偶然あれを観たとは運がいいなぁ。で、名前がミノル。君はよほどダービーに縁があるようだね。うん、きっと初夏の生まれだろう。ズバリ、日本ダービーがある五月！」

……履歴書に記載の通り、僕は秋の生まれである。豊穣、ゆたかにみのるの穣なのだ。やはり、ただの競馬オヤジであった。

とにもかくにも、見ず知らずの馬のお蔭で入門が許され、芸名『鳩巣亭あに太』をいただいた。

周囲の人には「小右女さんの兄だから」と信じられているが、サンタ・アニタのアニタなのを僕は知っている。

前座修行は、常に師匠の付き人として一緒にいると思われがちだ。僕らの協会は違う。自分の師匠が出ていようがいまいが、毎日寄席に通勤する。

都内には上野・新宿・浅草・池袋と民間が四つ、他に、なぜか最高裁判所の隣に建っている国立演芸場でも、寄席形式の興行を打つ期間がある。それらの楽屋で、出演者にお茶を出したり着物を畳んだりの雑用をするのだ。国立以外は昼席と夜席に分かれており、それぞれ必要人数が割り振られる。たまに余所で仕事があって抜ける時には、昼と夜で替わってもらったり、誰かに両方やってもらったりして調整する。原則的に寄席は休まないので、前座にも休日は無い。狭い範囲の濃い人間関係が続く。

白状しよう。しきたりが古くて厳しいとされている業界ほど意外にフランクな上下関係なんじゃないかと、密かに期待していた。台風の目の中は無風のはず。で、入ってみたら……暴風雨だった。台風の目どころか、自分の目も開けていられない。

歩きながら溺れそうになって、もうダメと暴風圏外へ顔を出し、息を接いだらもうちょっといけるかなとまた潜る。その繰り返しである。

三年半耐えて二ツ目に昇進。これは本当に嬉しい！　末也子が言っていた「人生最大の喜び」とは、昇進のほうじゃなく前座脱出だったのだ。

僕は、惣領弟子が使わなかった（使えなかった？）師匠の前名『右女太《うめた》』を頂戴した。芸名にも格があり、鳩巣亭なら、師匠が使っている『右生』が一番上だ。不思議と横に広がらない一門で、今は四人しかいない。本来なら師匠の師匠（大師匠と呼ぶ）が右生を名乗るのだろうが、師匠の真打昇進時に譲り、右平と改名していた。大師匠曰く「襲名披露を改めてやると金がかかるからな」。その自由《リベラル》な感覚が鳩巣亭の持ち味である。僕が入門したのも運命だったと思う。そんな大師匠には、若手風の軽さを持つ『うへい』が似合っている。

世間の家族同様に孫は可愛いらしく、未也子の入門つまり初孫弟子誕生を大師匠は大層喜んだそうで、『小右女』と命名した。僕も可愛がっていただいている。二ツ目昇進祝いの席で、「右女太が真打になる時には、あんな競馬ばかりやっている奴から右生を取り上げてやる」と、自身はパチンコばかりやっているのに仰ってくださった。

以来十有余年、その真打昇進の知らせが届いた。先輩達は言う。もうすぐ新たな暴風雨が、外からと内からとの台風が、同時に襲ってくるぞ、と。

その暴風雨が過ぎれば過ぎたで、プチバブル後の干天に灼かれ日々の暮らしに追われるのだろう。足が止まりそうになったら、束の間おだてられ立ててもらった（希望的観測だ）披露興行を反芻して己を鼓舞し、匍匐前進していくしかあるまい。

先輩の中には、「一門が小さいから大変だな」と同情してくれる方もいた。確かに一門内で融通し合う仕事が結構ある。でも僕は、師匠に弟子入りしたのを悔やんだことは一度もない。師匠にも大師匠にも、これ以上望むものはない。仕事は自分で探すのだ。なければ自分で作るのだ。土をこねて器にする方々だっていらっしゃる。

陶芸家は、新窯で焼く器に左馬を印すと聞く。演芸家の僕も倣い、まだ生乾きの今、噺家半生を記しておこう。師匠が紅茶とマドレーヌで失われた金を求めるみたいに、反省を交え記すべき時を求めてみよう。古《いにしえ》を稽《かんが》えるのが稽古の本義だし、時は金なりとも言うではないか。

独り立ちした、あの年からだ。

犬の居ぬ間　―二〇〇五年、夏―

電話が鳴った。

「はい。ダヴネストでございます」

「感心、感心。ちゃんと出たわね」

「なんだ、おまえか。携帯にかけろよ」

「たまには固定電話も鳴らさなくちゃ可哀相でしょ」

未也子だった。

僕が入門すると、未也子は市川市真間の部屋を譲ると言い、引っ越していった。前座修行中は師匠の自宅へ日参してから寄席へ通うので、近くに住むのが合理的だ。師匠も前座時代は、大師匠宅がある都内北区十条にいた。そのまま住み続ける人も多いのに県境を越えて市川市八幡へ転居した理由は、本人曰く「寄席通いに便利」。確かに京成線で上野鈴本演芸場と（都営浅草線経由で）浅草演芸ホールに一本、都営新宿線で末廣亭に一本、池袋演芸場へも日暮里乗り換えですぐだ。

しかし大師匠の言を借りれば、「あいつは競馬のために引っ越したんだ」そうである。関東の中央競馬は、東京競馬場と中山競馬場の交互開催だ。府中へは都営新宿線から京王線へそのまま乗り継げるし、中山に至っては（ハズレた場合）徒歩圏内である。オケラ街道を通り、只で自宅へ帰れる環境が幸か不幸かは判断が難しいけれど、便利なのは間違いなかろう。

師匠の動機はどっちでも、そこへ自転車五分で行ける真間は弟子にとって申し分ない。師匠が不自然に力説するほど電車の便はいいし、古刹に続く万葉からの細い参道、ささやかな商店街、足を延ばせば江戸川の河川敷（ブツブツ歩けるスペースはやはり貴重だ）もあって、噺家の卵には相応しい環境であろう。元は噺家朝寝坊夢之助だった永井荷風が亡くなるまで暮らし、日々散策したのもこの界隈と伝わる。不満はない。不満はないが不審はあった。入居時の未也子がやけに熱心だったのだ。諸手続きも代行してくれた。先輩としての意識に目覚めたか、二十数年分の感謝のしるしか、素直に嬉しかった。と、同時に、その二十数年の経験が〝そんな筈はない〟と囁くのである。

そう、そんな筈はなかった。未也子は谷中のマンションに移り「やっぱ谷根千ね～」と事あるごとにのたまっている。単にミーハーなだけであった。

かねてより画策していたと疑われるも、問題が一つ。形式的に立ち上げてあった事務所、『ダヴネスト』（鳩の巣）の住所が真間になっている。実際の業務は携帯とパソコンで済んでしまうけれど、所在地変更を連絡しないわけにはいかない。張り切ってダイレクトメールを出していた時期があり、その手間もバカにならない。かくして僕がまんまと捕まったのだった。本人は頑なに否定し、「鳩の巣は八幡宮の近くにあってこそ御利益があるのよ。八幡様のお遣い姫は鳩なんだもの」と主張して譲らない。「じゃあ、それを亭号にしている本人が出て行くのはどうなんだ？」には、権を行使し続けている。結局うやむやなまま、「電話がかかってきたら、ダヴネストでございますって出るのよ」、そう言い残して去った。

「お兄ちゃん、来月の二十二日あいてるでしょ？」

「なんだよ、あいてるでしょ？　ってのは。失礼な」

「あいてないの？」

「あいてる」

「素直じゃないなぁ。仕事だよ、落語の」

「ホント？」

噺家が落語の仕事と聞いて驚いてちゃいけない。

「お寺で昼夜の二回公演、施餓鬼法要ってやつ。すごいでしょ。井山さんに紹介してもらったんだ」

「あのヤロー、俺に直接くれりゃいいのに」

「なに言ってんのよ。美人落語家競演だから仕事になるんじゃない」

「ハイハイ、お供できて光栄です。じゃあベニーちゃんも一緒なんだな」

「詳しい話は明日。お兄ちゃん、打ち上げ行くでしょ？　あ、代演ヨロシクね」

「おう。でも、どうしようかと思ってるんだ。千穐楽《らく》だけ行って打ち上げ、ってのはさ」

「大丈夫だよ。師匠だっているんだし、ベニーはそのつもりで人数に入れてたわよ」

寄席は十日ごとの興行で、二ツ目は二人で五日ずつの交互出演になり、主任を務める（トリをとると言う）師匠の弟子が優先される。トリは、紅白歌合戦をはじめ世間で「最後の出番」の意味で使われているが、「代表して割り前を取る《トル》」が語源の寄席言葉（大トリはいない）。尚、寄席内で「しんうち」と言えば、それは階級ではなく最後に高座へ上がるトリを指す。また、寄席興行を内輪では芝居と呼び、トリの名前を付けて「〇〇師匠の芝居」と称する。それくらい大事な役目であり、尊重されている。

その代わりと言ってはなんだが、打ち上げをする場合には主催者となり勘定を持たねばならない。初日か楽日《らくび》（千穐楽《せんしゅうらく》）、両方やるのも珍しくない。寄席の掛け持ちもあり出演者全員が参加するのは無理で、一門や時間の許す数人、前座、二ツ目、お囃子（三味線）のお師匠さん（おっしょさんと発音する）、そんなメンバー構成になる。

毎月一日から十日までを上席、十一日から二十日までを中席、二十一日から三十日までを下席と呼ぶ。三十一日は余一《よいち》と言い、特別興行が催される。

明日が千穐楽の上野七月上席は紅作師匠が主任、我々は略して〝七上《しちかみ》の紅作芝居〟と表現する。

紅作師匠にはベニーしか弟子がいない。そういった場合、もう一人は一門内より選ばれるのが通例のところ、いつも同期で同じ女流の未也子に声がかかる。仲がいいのを知っている紅作師匠が指名してくれているのだろう。それなのに明日は二人の仕事が重なってしまい、未也子の一日分が僕に廻ってきたのだ。

二人は女流の会『名花大集合』のあと、打ち上げに合流する。弟子は打ち上げの幹事を務めねばならず、一日のみの出演で同席する僕の立場は相当オイシイのだ。多少遠慮する姿勢も見せておかなくてはなるまい。が、内心では最初から行くつもりだった。紅作師匠は自分が酒好きなせいか、後輩が呑むのを喜んでくれる。

打ち上げにも師匠方の好みが出る。ビール党に区分される紅作師匠のお気に入りは、ジャグ（ピッチャー）で提供する専門店。ビール自体に自信のある店が多く、余計に楽しみなのだ。ベニーによると、味にウルサイのではなく、目の前にビールが無くなると切なくなるせいで、仮に中身が発泡酒でも気が付かないいんじゃないかな、と言っていた。

その日の会場も欧州系のパブだった。大テーブルがなく、それぞれ個別に呑んでいる。トリの紅作師匠も、溶け込んだ参加者の一人だ。その柔軟さが後輩に人気のある理由であろう。僕のテーブルは、前座二人とお囃子のお師匠さん。前座はバタバタと忙しく、傍目には和服姿の女性とデートにきたような状況である。快適、快適。

ご満悦のところに未也子が戻ってきて、僕の正面に座る。相変わらず気の利かない奴だ。

「お兄ちゃん、顔がゆるんでるわよ」

耳元で言う。この芝居のお囃子さんは、シングルマザーでちょっとなまめかしいナミさんなのだ。ウチの協会のお囃子さんは、みんな二文字の芸名がある。

未也子は前座を呼び止め、隣に座らせ話に引き込み、さり気なくナミさんの話相手に誘導すると改めて僕を睨み、「仕事の話！」と言った。う～ん、いい環境だったのになぁ。仕事とあっては、是非に及ばず、か。

「あのねぇ、昼が一時間で夜が二時間。去年までは昼のみだったからさ、二人で行ってたんだ。でも今年は落語ブームでしょ。宿坊のあるお寺で夜も、ってなったのよ」

「落語ブームねぇ。どこにきてんだか」

「でさ、子別れやって欲しいんだって」

子別れとは、古典落語総選挙があったら一位を争うであろう人気演目。涙あり笑いありの大作で、上中下に分かれている。

腕はいいものの酒癖が悪い大工の熊五郎が、弔いの帰りに吉原へ寄り居続けてしまう上を『強飯《こわめし》の女郎買《じょうろか》い』、帰宅し夫婦喧嘩の末に妻子を追い出し馴染みの遊女を引っ張り込む中を『子別れ』、数年後にばったり息子と出会って反省し元の鞘に収まる下を『子は鎹《かすがい》』、と呼ぶ。ただし、中だけ演じられることはなく、時間の関係で通しも滅多にやれないので、『子別れ』と言えば下を指すのが一般的だ。

「こないだ襲名披露の中継でやってたせいかな。テレビの力ってのは大きいね。おまえがやればいいじゃん」

「実はさ、通しをリレーでやろうかと思ってるのよ。で、お兄ちゃんに上やってもらいたいんだ。

持ってたわよね？」

「ああ。師匠に強飯の女郎買いだけ教えてもらった」

「師匠は上しかやらないもんね。私とベニーは紅作師匠に通しで教わったから、私が中やって、ベニーが下ね」

「なるほど、おまえは働かない女のとこか」

「何でそういう言い方するかな、まったく。もう一席は、私がお菊の皿をやるからさ、お兄ちゃんなにか考えて」

未也子の演目『お菊の皿』は、「いちま〜い、にま〜い」と数える番町皿屋敷のパロディだ。

「ベニーちゃんは？」

「色物《いろもの》さんの代わりに踊り教室やるのよ」

色物と際物《きわもの》を混同したうえネガティヴな方向に誤解している人もいるようだが、演芸界で使う色物に妙な底意はない。寄席の看板に落語が黒で書かれるのに対し、それ以外の芸は朱で書く慣例から言う。空気を入れ替えてお客さまの集中力をリセットする大事な役目だし、演芸としての完成度が要求される。ついでに言えば際物も、季節行事や祭礼などの間〝際〟に需要がある〝物〟なので悪い言葉ではない。

「ふーん。なにやろうかな」

「季節感があって夜の噺がいいわね。お兄ちゃん夏泥（夏の泥棒の噺）持ってるっけ？」

「持ってない」

「たがや（花火の噺）は？」

「持ってない」

「どっちかやりなさいよ、気が利かないわねぇ」

「（それは、おまえだ）ふん、悪かったね。う〜ん、夏で夜だと……宮戸川か」

「宮戸川？　あ、いいわね。ブームの影響で若い女の子が来てくれるかも知れないもんね、恋バナも欲しいわよね。ちょっとバレだけど、小さい子は昼のほうで夜はいないでしょ。もしいたらぼかしといてちょうだい」

バレとは性的な場面や台詞のある噺を指す。宮戸川は、数少ない恋愛古典落語なのだ。

未也子が上目遣いでウンウンと頷く。

「じゃあ決まり。お菊の皿、宮戸川、踊り教室で仲入り。後半は子別れの通し、と。で、昼はどうしよう？」

「おまえ、なに演《や》るんだ？」

「トリで厩火事。ベニーが出来心なの。お兄ちゃん、その間ね」

「お寺だから錦の袈裟ってのも短絡的か」

「う〜ん、袈裟をふんどしにする噺はちょっとね。昼は子供さんもいるだろうし、吉原の花魁ってのもねぇ」

「出来心のあと……」

ベニーが演じる『出来心』は、もし見つかったら「ほんの出来心でした」で許してもらおうとする間抜けな空き巣が主人公で、別名『花色木綿』。被害にあった店子と大家さんの会話が、夏目漱石の『吾輩は猫である』に再現されている。

「そうだ、真田小僧は？　マクラで、門前の小僧習わぬ経を読むと振っておけばお寺にふさわしいぜ。それに、施餓鬼法要なんだろ？　あの噺だって、父親がこまっしゃくれた倅に騙されて小遣いを巻き上げられるんだもの、ガキに施すようなもんじゃねえか」

「あら、たまにはうまいこと言うじゃない。うん、面白いかも。そうしよっか。じゃあ昼は出来心、真田小僧、厩火事」

こうやって風合いの違うネタを組み合わせ、十五分、十五分、三十分等、トリに倍の時間を配すのが基本である。これで頭に前座が付き、間に色物さんが挟まれば理想的だ。

「そうそう、井山さんも取材がてら一緒に行くんだって」

「そんなこったろうと思った」

お寺を紹介してくれた井山は僕の大学の後輩で、新聞社に勤めている。そこそこモテる濃いめの男前なのだが、なぜか未也子に気を寄せる一種の変わり者だ。ウスターソース顔は、薄口しょうゆ系に惹かれるのであろうか。

未也子とベニーが二ツ目になった時は文化部にいて、『落語界も女性の時代』と、写真入りの記事を載せてくれた。活字、特に新聞はまだまだ信用があり、仕事の問い合わせもきたらしい。井山の顔を見る度「いかにも女たらしって感じ」と言っていた未也子が、それ以来「昔からダンディでしたよね」、と愛想がいい。

げに恐ろしきは女である。


四人が乗ったレンタカーは南へ向かっていた。今晩は我々も宿坊に泊めてもらえるので、もはや遠足気分だ。

「ねぇ未也子ちゃん、この記事読んでくれました？　僕が書いたんですよ」

井山が右手でハンドルを持ち、左手で朝刊を差し出した。「これも郵政民営化の余波？」と題された囲み記事であった。

郵政解散があって、突然、芸能ニュースが主役のワイドショーで政治ネタを扱うようになった。平日の昼間がヒマな噺家は、二時間ドラマとワイドショーに詳しくなる。

「見た見た。へー、これ井山さんの記事なんだ。マクラに使えそうですよね」

「なに？　なに？」

ベニーが手を伸ばす。

それは、作業服や会社のユニフォームを作っている縫製工場に忍び込んだ泥棒が、郵便局の制服を盗っていった事件だった。民営化して一新する前に「郵便局」の制服を入手したいマニアの犯行だろうと、犯罪心理学者が意見を述べていた。この事件の面白いのはその先で、新聞社に犯行声明がきたのだ。「私は確かに制服を盗みはしたが泥棒ではない。正当な対価をお支払いする。ついては、公器である新聞紙上に適正な価格を発表していただきたい云々」。

調べた結果、納品前は普通の作業服にすぎず、数千円だった。スペースが埋まらなかったのか、バイクやらヘルメットやら長靴やら備品一式の値段も掲載され、実際に局員が着用したものであれば違ってくるかも知れない、そう記事は結ばれていた。

「この、盗みはしたが泥棒ではない、ってのがいいわよ」

「浮世離れしてますね」

「でも制服なんか本当に欲しいのかな」

「先輩、この間あったじゃないすか、航空会社で。撮影のあとモデルさんが持って帰っちゃったっていう話」

「そういえば、あったわね」

「あたし、わかる気がする」

親しくなったら、ベニーの私が、あたしになった。

「姉さんはＡＮＡのブルー系、似合いますよ」

「ほんと？　じゃあ今度着てきます」

「ベニー、持ってるの？」

「いえ、これから調達しようかと」

「アブナイなぁ」

「未也子ちゃんはＪＡＬの方が似合うんじゃないかな？」

「そうかしら」

「ええ、ＣＡじゃなくてグランドサービスのほう」

「井山、郵便局で実際に着用した制服なら本当に価値あんのか？」

「書きはしたものの、そうでもないでしょう。だってほら、すっかり有名になっちゃった特定郵便局が一万八千ぐらいある。制服も数が多すぎるそうです。ああいうマニアは投機じゃなくて、自分で着たいんですよ」

「で、赤いバイクに乗りたい、と」

「いえ、マニアは自転車だそうです。それも三角フレームの」

「ディープな世界ね」

「犯人は若い奴だと思われてます。就職しようと考えてたのに民営化されそうだってんで、つい」

「でも、郵便局が無くなりはしないんでしょ」

「一応そう言われてます」

「無くなったら困るところあるわよね」

「あるでしょ。地方は金融機関が少ないですし。これから行く町もそうじゃないかな」

「それだよ。問題山積なのに、なんでそういう地域の落語会が、社会部と関係あるんだ？」

「先輩、それが大あり。今、ソフト断食やプチ巡礼といった修行ブームでしてね。お訪ねする大道寺は禅寺なんですよ。そこに宿坊がありまして、朝のお勤めや写経を通じて迷える衆生を導こう。疲弊した現代人を救おう。これは立派な社会貢献です」

「おまえが言うと胡散臭いなぁ」

「本当ですって。初めは、僕が書いた未也子ちゃんの記事読んだお寺から連絡もらって落語会開いたんです。それが好評だったようで。お寺は宗派ごとに横のつながりがありますでしょ。是非ウチでも、っていう展開です」

「ふんふん」

「そこにバス会社が興味もって、ツアーを組んだと聞きました。昼は近辺を観光してもらい、夜の部の落語を聴き、宿坊に泊まっていただく、と」

「ふ～ん……失礼ながら、観光する場所なんかあるのか？」

「ええ。ほら、北斎の有名な波の絵がありますでしょ、富嶽三十六景の。神奈川沖浪裏でしたっけ？　あれのモデルじゃないかと言われてる彫刻が隣町のお寺にあるんです」

「あ、テレビで観たかも。海外の芸術家に影響を与えたやつでしょ」

「あたしも観た。障子だか襖だかの上にあるんですよね？」

女子チームが反応する。行先は房総半島の長南町、としか聞いてなかったのだ。

「へ～、昔は盛ってた地域なのかね」

「でしょう。長南町には、菅原道真の息子が住みついたそうですから」

「天神様の息子？　そんなに昔かよ」

「千年以上前ですね。都から派遣され兄弟で赴任し、任期が終わって本役の兄貴は帰ったのに、ついてきた弟は土地が気に入って残ったらしいです」

「彼女ができたのかしら」

「ありがちな話ですよね」

「よっぽどタイプだったんだろ……それにしても、おまえ詳しいな」

「記事を書くための一夜漬けです。他にも色々出てきました。お寺に話を戻せば、二代目広重が浮世絵にした全国で唯一の珍しい造りのお寺や、日本一名前の長いお寺もあって、両方とも長南町なんで、すぐ。明日の帰りにでも寄ったらいいですよ」

「ん？　寄ったらいいですよって、井山は泊まんないの？」

「仕事ですもん。選挙が終わるまで休み取れないんすよ、公示までが勝負ですからね、今日だって無理やり半日。昼の部を取材してトンボ返りしなくちゃ。先輩、駅までお願いします。あと、夜の風景を撮っておいてください」

「ああ。そりゃいいけど、明日の新聞に間に合わねえだろ」

「問題ありません。こういうのは事件の少ない日用にストックしとくんです。あと、文化部に売りつけたり」

「いい加減だなぁ」

「お兄ちゃん、野暮は言いっこなし。お蔭で仕事になったのよ」

「ハイハイ、ありがとうございます。井山プロデューサー、あとは我らにお任せください。熱演し、ゆっくり呑ませていただきます」

「今夜は右女太さんと、お泊りですね」

「ベニー、その表現は誤解を招くんじゃない？　お兄ちゃん酒グセ悪いから気をつけなよ」

「おまえに言われたくないね」

「ぼくもお泊りしたかったですぅ」

「残念よね～」

「でもこうして一緒にドライブ出来て良かったですぅ」

車は南へ走る。

大道寺は森の中にあった。言葉は机の上で生まれるものではない、そう実感する。まさに蝉時雨だ。施餓鬼に集う人の中に子供の姿が目立つのは、本山へ修行に行っていた住職が上方より持ち帰った地蔵盆の影響だそう。境内の向日葵が、コミュニティの中心だった名残を陽射しと一緒に振りまいている。

お寺での落語会自体は珍しくない。色々と縁があって、舞台と同義に使う高座や新人を指す前座は寺院用語が元と聞く。他に寺子屋や寺銭などの言葉があるのは、人の集まる素地ができている証拠だろう。お坊さんの出てくる噺や冠婚葬祭を扱った噺もたくさんある。

昼の部は子供が多かった。といっても小学校高学年と中学生で半分、年配の方が半分といった按配だ。盛会のうちに終わり、質疑応答の時間になった。質問は大方決まっている。「なぜ落語家になったのですか？」「お金はもうかりますか？」「テレビに出たことありますか？」。未也子とベニーが笑いを取りつつ答えていく。（ハラ減ったなぁ、終わりにしようよ……）と、男の子が一人立ち上がった。中学生か。

「郵政民営化についてどう思いますか」

ついに波はここまで来た。芸人に宗教と政治は御法度。それが、お寺で郵政民営化だ。

「はい。では、その回答は右女太さんにお願いしましょう」

「（げっ！）」

未也子がにっこりマイクを差し出す。

「（このヤロー）……えー、なかなか難しい質問ですね。ドキッとしました。さっき僕が演《や》った落語の、お父さんの気持ちがわかります。どんな問題にも、賛成反対それぞれ考え方はあるでしょうけど、賛成なら物足りなくても始めるのが大事だと思います。もし皆さんが、英語の勉強をするためにイギリスに留学したいとしますね、でも、旅費がドイツまでしか無いとしたらどうしますか？お金が貯まるまで待つ？ドイツまで行く？ドイツからなら鉄道と船でイギリスへ行けるよ。まず日本を出る、行動を起こす、ってのも有効なんじゃないかな。辿り着こうと頑張っている間に、英語より役立つなにかを勉強できるかも知れません。賛成なら賛成、反対なら反対でいい、でも、不完全だからとりあえず反対、って意見には賛成したくないな。……こんな感じでいいでしょうか」

「はい。ありがとうございました」

「あ、念のため。実際は、ヨーロッパ内の主だった国は同じ金額で行けますよ」

フーッ、落語のほうが楽だ。その質問が最後で、お開きになった。

井山がカメラを持って楽屋に入ってきた。

「先輩やるじゃありませんか。次の選挙にでも出る気ですか？」

「冗談言っちゃいけない、おあとがよろしいようで、だよ」

「旅に喩えるあたりは、さすがは元ガイドさんですね」

「姉さん、誰しも答に困ると、自分の詳しい分野に引っ張っちゃうものなんです」

「もっと焦ると面白かったのにな」

「おまえねぇ、そういうとこおふくろに似てきたよ。俺は最近おやじの苦労を察するね」

「なに言ってんのよ。お父さんはお母さんに口答えしないじゃない」

「だから察する、てんだよ。……それより、さっきの厩火事、誰に教わったんだ？」

「師匠だよ」

「じゃあ変えただろ、ていうか戻しただろ」

「わかった？」

「そりゃわかるさ」

着替えながらの会話が続く。この仕事を始めてから人前で着替えるのにためらいがなくなった。未也子もベニーも前座の頃に嫌ってほど鍛えられている。着物を羽織ったまま、器用に着替える。

一人赤面している井山が、それを隠すように口を挟んできた。

「戻したって、どういう意味っすか？」

「あたしも聞きたいです。姉さんの厩火事、普通でしたよ」

ベニーが羽織った着物越しに顔を向ける。

「ウチの師匠のはね、刺身を食わないんだ」

「あ、そうか」

「まだ僕にはわからないんすが」

「あれは女髪結いが、惚れてる年下亭主の気持ちを試す噺だろ。亭主の悪口を並べて別れたいって言う女房に、とりなしてくれると思ってた仲人が同調しちゃうんだよ。〝アイツは女房が働いているのに、昼間から刺身なんぞ誂えて酒呑んでいやがった。あんな奴は見込みがねえ、別れちまいな〟ってね」

「はい」

「すると女房が、〝いいじゃありませんかお酒呑んだって。なにも二升も三升も呑んでひっくり返っちまったわけじゃあるまいし〟って、自分で言い出したくせに逆らうんだ」

「ウケるところですよね」

「うん。でも師匠は、そこが許せないんだな」

「……？……」

「変に生真面目なとこあるからね、師匠は」

着替え終わった未也子がハンガーに掛けた襦袢を窓枠に吊るし、座って解説する。

「お酒呑むのはいいけど、刺身を誂えるのが嫌いなんだって。登場人物に共感できないと演じられないって、やらなかったの。それがね、ある人の噺を聴いてひらめいたんだって」

「どんな噺だったんですか」

ベニーも着替え終わった。未也子が落語口調になる。

「アイツは昼間っから焼肉で酒呑んでやがった。あんな奴とは別れちまいな……いいじゃありませんか焼肉で呑んだって。なにも牛一頭食っちまったわけじゃあるまいし」

「おもしろいっすね、それ」

「だろ？　刺身が焼肉になったら、噺の生臭さも消えてる」

僕が主導権を執り返す。

「師匠はそれで気付いたそうだよ、食う物を変えると人も変わるって。で、刺身をお新香にしたんだ。〝アイツは朝飯の残りの香々《こうこ》なんぞで呑んでいやがった。どうせ呑むなら刺身でも誂えて乙に呑むがいいじゃねえか。あんな不精な奴は見込みがねえ、別れちまいな〟〝いいじゃありませんかおこうこで呑んでも。不精ったって、沢庵丸かじりしてたわけじゃあるまいし……〟なっ、台詞を逆向きにすると亭主のキャラが違ってくるだろ？」

「ふんふん、わかります」

「だいたい昼間っから刺身で酒呑む奴なんざロクなもんじゃない。つまり、不精な振りしてて自分のことになるとマメな地が出る、そこが同じ男として嫌なんだよ。うん、師匠は正しい。それをこいつは元に戻しちまった」

「私《わたし》的には関係ないんだよね。師匠の許可もとったし」

「師匠は、自分に合う噺をしろ、ってタイプだもの。あのネタは女流の必殺技だし」

「お兄ちゃんは自分が不精だからそう思うのよ。男はマメじゃないとモテないわよ」

「あたしは、沢庵丸かじりする人好きです」

「エラい。ベニー姉さんは男を見る目がある。それにひきかえ、おまえみたいなのが口先だけの男に騙されるんだよ」

「なに言ってんのよ、そもそも……」

襖が開いて、未也子の口が閉じた。

「お待たせ致しました。昼食のご用意ができました」

しばらく休戦だ。

作務衣の少女に案内されて宿坊へ向かう。

「あらっ、大きな犬」

渡り廊下の脇にモミジの古木があり、茶色で背が高く耳の立った犬が繋がれている。口元が黒くて、片耳の先っちょがちょこっと折れていた。未也子は子供の頃から犬派だ。

「ここの犬かしら。頭良さそう」

「雑種のほうが頭いいって言いますもんね」

「雑種なの？」

「洋風の雑種でしょう。どこにでもいそうっすよ」

「人のいいオオカミって感じ」

ベニー語だ。

「人のいいオオカミは日本語として微妙だけど、雰囲気は伝わるわね」

「うん。イヌの絵を描きましょう、と言われた子供が描きそうだ」

僕も同意する。犬はチラッとこちらを見て、すぐに視線を戻した。

宿坊の二階に上がる。畳の上を風が抜けていった。窓には簾が下がり、透けた向こうに木製の手すりが見える。蝉が、広間でお昼を食べる子供たちの嬌声に張り合って啼いている。座卓の中央に木桶が一つ、うどんの白が氷と一緒に光っている。小鉢には茄子の青と芥子の黄色。鯉の洗いの淡い朱。コマーシャルの中のようだ。

「わぁ、おいしそう」

「田舎なもので、なにもありませんが」

少女が黒眼がちにはにかんだ。

「とんでもない。あり過ぎるくらいです。こちらのお嬢さん？」

「はい」

「中学生かな？　お名前訊いてもいい？」

「英美《ひでみ》です。中学二年です」

「しっかりしてるわね。ご兄弟は？」

「妹が一人います」

「きっと妹さんも可愛いんでしょうね」

「姉さん、あたし達みたいな美人姉妹ですよ」

ベニーがクイックク。

少女は笑を残して去った。

「今時あんな子がいるんですね」

「働き者だってのが、見ただけでわかるよ。作務衣が似合ってたもの」

「そうよ。作務衣はこうあるべきなのよ。競馬新聞を読むためにあるんじゃないのよ。師匠に見せてあげたいわ」

「あ、座るの待ってください。写真を撮りますから」

井山がカメラを構える。

「うまそうな洗いだな。これでビールがあったら」

「あらっ、昼間っから刺身で酒呑む奴はロクなもんじゃないんでしょ」

「仕事のあとは許す」

「お兄ちゃん、許しっぱなしじゃん。……でも、単にきれいじゃなくて、命を感じる色よね」

「姉さん、この茄子も可愛いくて、きれいですね」

「うんうん。茄子紺て、この色なんだ」

「こんなに濃い色なのに涼しそうですよね。この黄色も」

芥子が鼻をついた。細めた目に水面が揺れた。簾が風を呼んでいる。

午餐を済ませ帰り途に通りかかると、人のいいオオカミにはパートナーがいた。

「先輩、さっきの郵政民営化少年ですよ」

よし、今度は先制攻撃だ。

「やあ、こんにちは。君ん家《ち》の犬？」

「うん」

「何ていうんだい？」

「シェパード」

名前を聞いたつもりだった。

「ああ、シェパードの血を引いているんだね」

気の毒に。悪徳ペットショップでだまされたのだろう。

「今、だまされてると思ったでしょ？　雑種なのにって」

「えっ……いや……」

相変わらずドキッとさせる少年だ。

「さっきヨーロッパの話をしてましたよね。こいつはベルギーのシェパード。日本でシェパードと言えばドイツのシェパードなんで、知らなくても仕方ないです。それに、雑種でもミックスでも関係ない。相棒だもの」

「そうだね……うん、そうだ」

「シェパードっていう苗字を犬みたいだ、っていう人がいるけど逆じゃないでしょうか。苗字は職業から付けたのも多いって聞きました。シェパードさんは羊飼いですよね？　あちこちの国に、羊飼いと呼んでもおかしくない優秀な牧羊犬がいたんだと思います。なあ、エル」

ドキッとさせ、且つ納得させる力がある。

「英語の教科書に載ってたわね。スミスさんは鍛冶屋さんだとか」

未也子が受けに廻る。

「あったあった。ベイカーがパン屋で、粉屋が誰だったっけかな？」

僕が被せる。

「エルちゃんていうの？」

ベニーが話題を変えた。

「うん。正確にはエルキュール」

「エルキュール？　面白い名前」

「エルキュール……ポアロだね」

井山が指摘すると、少年が初めて笑った。

「井山さん、なあにそれ？」

ベニーが訊く。

「名探偵ですよ。ほらテレビでやってるじゃないですか、ポアロとマープル。あのポアロの上の名前です。映画化された作品もたくさんあります」

井山は映画研究会の後輩なのである。僕は脚本を書く実務系だったが、井山は観る専の洋画マニアだった。

「ああ、観たかも」

「探偵好きは、ホームズ派とポアロ派に分かれるんですよ」

「私はポアロ派」

未也子が手を挙げる。

「女の人はポアロ派が多いですね」

「そう、おしゃれで灰色の脳細胞を使う派ね」

「そう言やぁ、ポアロはベルギー人だったな」

「君の名前も教えてくれる？」

未也子が少年に向き直った。

「升田です。升田敏史」

「さとし君ね。中学生？」

「二年です」

「二年生……、あらっ、ここのお嬢さんと同級生なんだ？」

「一応」

「幼馴染みで仲いいんだ？」

「いえ……エルがなついてるし、昼間涼しいからよく預かってもらってるし、父親同士が友達で妹同士も同級生で……」

仏頂面を作って言った。

「敏史君の家は牧場なの？」

「えっ？」

「だって羊飼いの犬なんでしょ？」

噺家の殆どは養殖モノだが、ベニーは天然である。それも深川で上がった天然モノ。

「ううん、ぼくの家は郵便局」

「なあんだ。それであんな質問したのか」

敏史がニヤっとする。

「やっぱり反対なの？　民営化」

「ううん。どっちでもいい」

「郵便局の仕事嫌いなの？」

「そうじゃないけど、〝いいわね、将来は局長さんね〟なんて言われると、あまり気分はよくないな。郵便局の子供が、みんな後を継ぎたいと思ってるわけじゃない。鍛冶屋じゃないスミスさんもいるし、羊飼いじゃないシェパードさんもいるでしょ？」

敏史が気色ばむ。

「そうね、いるよね」

気圧されたベニーがフォローする。

「私もどっかで聞いた憶えがあるな、そう、たしかシェパードってお医者さんが出てくる小説あったわよね。あれは何だったたっけかな」

未也子が話を合わせせる。敏史が素に戻って照れた。

「犬のシェパードも色々できるよ、エルの兄弟は警察犬だし」

「へえー。じゃあエルも警察犬になるの？」

「ううん、エルは途中で怪我しちゃったんだ……」

「名前がエルキュールだもの、ポアロみたいな私立探偵なんだよ。警察より優秀なね」

その喩えに敏史の笑顔が上がる。

「うん。やってみせましょうか」

「なにを？」

「犯人当て。誰か、持ち物を貸してください」

敏史が目を閉じて後ろを向き、手を出した。未也子がハンカチを渡す。

「皆さん、間隔あけて立ってください」

我々は左右二手に分かれ、さらに渡り廊下の本堂側と宿坊側に別れた。敏史がハンカチをエルの鼻先に掛け、耳元で何か言うとリードを外した。エルがまっすぐ歩いてくると真ん中で匂いを嗅ぎ、迷わず未也子に向かう。足元で匂いを確認し「ワン」と一声吠えた。

「すご〜い」

「一番人相の悪い奴へ向かったんじゃないのか」

「なに言ってんの、私の移り香が胸を締めつけるのよ」

「演歌かよ」

「実際に見ると感動するもんすね」

　敏史がハンカチを返した。感情を抑えつつも得意げだ。未也子はしゃがんでエルと目の高さを合わせ、首筋を撫で始めた。エルの表情が、犬は自分に好意を持つ人間がわかる説を証明している。

「ねぇ、その訓練所ってのは近いのかい？」

　井山が訊く。

「車で十五分くらいだと思います」

「場所教えてくんないかな？」

「あ、はい」

「おまえも訓練受ける気になったのか？　いい心がけだ」

「取材しとけば、なにかに使えるかなと思って。先輩、駅へ行く前に寄ってもらえませんか」

「取材？」

敏史が反応する。

「ああ、このおじさんはね」

「お兄さんと言ってください」

「どっちだっていいよ。この人はね、新聞記者なんだ。何でも取材する野次馬根性が」

「ジャーナリスト魂と言ってください」

「どっちだっていいの。そのナンチャラが旺盛でね」

「かわら版の時代から、それが我々の生命線なんです」

「わかった、わかった。今は選挙関連で、ああ君の家も関係あるね、新聞社はとんでもなく忙しくって帰らなくちゃいけないんだってさ。こないだ郵便局の制服泥棒があっただろ？　あの記事も書いたんだよ」

「ねえ、未也子ちゃんも行かない？」

「私は噺をさらっておきたいな……ベニーはどうする？」

「あたしも踊りを。最近やってないもんで」

「あのう、一緒に行ってもいいですか？　新聞記者にも興味があるし」

敏史だった。

「ああいいよ。案内してくれれば助かる。もしや、君はマスコミ志望なのかな？」

「なんでも教えちゃいますよ、未来のジャーナリストに。うん、男同士の三人旅なんざ粋なもんだ。そういえば、そんな落語ありましたよねぇ、先輩？」

「この頃、三人旅はあまり高座にかからないわね」

僕が答える前に、横目で敏史を見て未也子が言った。

三十分後、待ち合わせた駐車場には、敏史と一緒に英美ちゃんも立っていた。

「すいません。駅のほうに行くなら私も乗せてって頂けませんか？」

「あ、買い物かな？　大歓迎ですよ。ちょうど今ね、男三人じゃ殺風景でいけない、かわいい女の子がいないかなあって話してたんだ。ねぇ先輩」

軽薄だ。どうみても売れない幇間《たいこもち》である。


夜の部も盛況だった。敏史の家からは両親と妹さんに加え、初代局長の妻で「敏史が三代目を継ぐまでは死ねない」が口癖のお祖母ちゃんまで勢揃いだ。エルもきてはいたのだが、座敷に上げるわけにもいかず、玄関で下足番をしていた。傍らで大きな蚊取り線香が煙っている。蚊は犬の大敵らしく、自宅でも夏は室内で過ごすという。

現局長は住職と話していた。赤ら顔で敏史には似ていない。太っていて盛んに汗を拭いている。

こういう村ではお互い名士で、家族ぐるみの付き合いは本当のようだ。英美ちゃんの姿は見えない。

準備や仕度があるのだろう。

仲入り後のネタは『子別れ』。僕は上の『強飯の女郎買い』を無事に済ませて中の未也子につなぎ、英美ちゃんを手伝いに行った。

会場へ戻った時には、下の『子は鎹』も佳境に入っていた。後ろからそっと覗く。敏史もベニーの噺に聞き入っている。隣に座ったおばあちゃんの肩が震えていた。

もうすぐ切れる。僕はその前に用を足しておいた。

「え、おいらが鎹かい？　あ、それで昨日おっ母ぁが、玄能でぶつと言ったんだ」

終演を告げる追い出し太鼓が鳴った（ＣＤだ）。僕はお客様を見送るため出口に立つ。ベニーと未也子が駆けつけてきた。

緊張を解かれた開放感と心地よい疲労、それは我々演者だけのものではない。落語においては聴く立場の方々も味わえる。

宿坊へ向かう遠来のお客様、玄関に進む近隣のお客様、交錯するざわめきと温くなった夜風。夏の匂いがした。

と、不似合いの慌しさを纏って、住職が早足で人波を抜けてくる。局長を見つけなにか囁くと、今度は二人が同じ空気と共に奥に消えた。周囲の人はほとんど気付かない。いや注意を向けない。

それがこの土地で生きていくコツなのだろう。

なにが起こったのかは、遅い夕食を運んできてくれた英美ちゃんに未也子が聞きだした。彼女は言葉少なく、郵便局で盗難事件があったと告げた。一家全員がここにきていたので、責任を感じると付け加えた。我々は口々にお寺のせいじゃないと慰める。

なるべく気付かない風を装うのが、この場合の礼儀であるのはさっき学んだばかりだ。英美ちゃんが出ていったあとは、差し入れの地酒でささやかな打ち上げをした。

細かい顛末はお膳を下げにきたパートのおばさんによってもたらされる。本当は喋っちゃいけないのだが、と何度も繰り返し、声を潜めた。

「それがねぇ、変な泥棒なんですよ。盗んだのは局長さんの制服だけだって。あんなもの盗って、どうするんでしょうか。何でも最近似た事件があったそうですねぇ」

この町では、井山の社の新聞はあまり売れていないとみえる。

そのあとも、駐在所に電話があってわかった、子供部屋の鍵をかけ忘れていたようだ、郵便局のほうに入った形跡はない、短時間で驚く程の情報を仕入れたのを証明する。表情が明るいのは被害が深刻じゃないゆえであろう。

「やっぱり井山さんの記事の影響かなぁ」

おばさんが出て行くの待って、未也子が口を開いた。

「記事の影響かどうかはともかく、読んではいるだろうな」

「こういうの何て言うんでしたっけ？　誰かの真似するの」

ベニーの顔に好奇の色が浮かんでいる。

「摸倣犯？」

気を利かして置いていってくれた漬物で残った酒をチビチビ舐め、僕が反問する。

「そう、摸倣犯。カッコイイですよね」

「単なる空き巣よ」

「でもスマートではあるよな、他になにも盗らなかったようだし」

「そうですよ、ルパン三世みたい」

「しょぼいルパンねぇ」

「マニアのルパンなんだろ。もしくはオタクのルパン」

「あたし、前に次元と五右衛門のコスプレ見ました」

「ベニー、それは関係ないの」

「いや、あるかもよ。犯人は彼らに憧れてたとかさ」

「そうですよね。あたし、峰不二子のコスプレやりたいな」

「ベニー姉さん似合いますよ」

「ホントですか。じゃあ今度やります」

「ベニーは全日空なんでしょ」

「じゃあ昼夜《ちゅうや》で」

「それじゃ寄席の前座よ。人がいない時の」

「もう姉さん、思い出させないでください」

「ふふ、ベニー、お互いよくやったわね」

昼夜とは、寄席の昼席と夜席の両方で働くのを指す。朝から晩までどっぷりと寄席に浸かるのは、精神的にも肉体的にも二倍ではなく二乗の疲労感がある。そういった経験も加味されるため、前座修行の共有は噺家にとって特別なものなのだ。

「その頃は前座少なかったんですか？」

先輩に敬意を表し、リアクションしやすいよう振っておく。少なければ、どうしたって一人にかかる比重は大きくなり、昼夜の掛け持ちが増える。

「そうでもなかったけど、脇の仕事が多かったのかなぁ」

「また同じ日にかぶるから」

「そうなんですよ。いない時はみんないないんですもん」

「だよね。いる時は邪魔な程いるくせに、いない時はみんな……」

未也子があとを呑みこんだ。

「姉さん。どしたの？」

「うん。夕べ郵便局に誰もいないって、どうやって犯人は知ったのかしら？」

「灯りが消えてたんじゃないんですか」

「そっか。でも運がいい犯人よね、エルもいなかったんだもの。夏はいつも家の中にいるって言ってたわよね」

「エルに吠えられたらビックリしただろうな」

「エルなら、今からでも犯人見つけられるかもしれませんね。なんたって名探偵ですもん」

「今から……ねぇ」

未也子が湯呑を両手で握り直した。考え込む時にする、哺乳瓶時代より続く癖であった。


なぜ旅に出ると朝飯が旨いのであろうか？　いつも布団の中でうだうだしている時刻にお替わりをする度そう思う。牧村家の血筋か、未也子もよく食う。ベニーは低血圧らしく半分眠っている。

昨夜のパートのおばさんはおらず、例によって作務衣を着た英美ちゃんと、妹の尚美ちゃんが手伝っている。我々以外の宿泊客はすでに発っていた。

「昨日は大変だったわね」

片付けに来た英美ちゃんに未也子が声をかける。

「お騒がせして申し訳ありません」

「ううん、ぜんぜん。私たちにも責任があるもの。落語会さえなきゃ、あんな事件は起こらなかったしね」

「いえ、そんなこと誰も思ってないです」

「子供部屋から入られちゃったんでしょ。それって敏史君の部屋？」

「オイ、やめろよ」

「いいじゃないの。ねえ英美ちゃん、このあと時間ある？」

「えっ、はい。昼までは」

「帰りに敏史君の家へ寄りたいの。道を教えてくれないかな。慰めてあげなきゃ」

「おまえが敏史君を慰めたってしょうがないだろ」

「私はエルを慰めたいのよ、お手柄逃しちゃったでしょ。ね、英美ちゃんお願い」

「はい、わかりました」

「ありがと」

一時間後、住職夫妻に見送られ、助手席に可愛いナビゲーターを乗せ、僕はゆっくり坂道を下った。すでに蝉時雨は土砂降りである。

ナビゲーターがメールを打ってくれたので、敏史とエルが駐車場で待っていた。郵便局の規模に比べ、やたらと広い。

「やぁ夕べは大変だったね」

「うん。さっきまで駐在さんがいた。……ぼくが窓の鍵を閉め忘れちゃったんだ」

「そうなの……」

ベニーが近づいてきて、声音で慰める。

「私、局長さんに挨拶してくる」

未也子が唐突に言う。

「いいよ。行かなくたって」

「こう見えても私は座頭《ざがしら》ですからね。エル、ちょっと待っててね」

未也子はエルの頭を一撫でして母屋に向かい、しばし駐車場まで嬌声に似た笑いを響かせ、トウモロコシを抱えて戻ってきた。

「もらっちゃった。おいしそうでしょ、まだあったかいのよ」

「ほらみろ。余計な気を遣わせちゃったじゃねえか」

「いいご両親ね。あんな事件のあとなのにさ。あ、そうだ敏史君、あれ、もう一度見せてくれないかな?」

「あれって何ですか?」

「犯人当て。エルの得意技」

「いいですよ」

「ありがと。今日はヴァージョンアップよ」

未也子はトランクをあけると自分のキャリーケースを取り出して下に置き、開いた。

「ほらほら、ベニーもお兄ちゃんも同じようにやって」

こいつは時々妙なことに夢中になる。

「敏史君、人じゃなくて持ち物でも当てられる？」

「大丈夫だと思うけど」

「そうよね、エルは名探偵だもんね」

なんだそういう趣向か。初めに言えばいいんだ。僕とベニーもケースの口をあけ、三人かたまって移動した。

未也子が肩にかけたバッグから手ぬぐいを出して渡す。敏史がそれをエルの鼻先にかける。あとはこの前と同じ、エルが歩いて行き順番に匂いを嗅ぎ、未也子のケースの前……を素通りし、僕のケースの前に坐った。「ワン」、一声吠えた。

「……？……」

全員が息を呑んだ。

「おかしいな？　……エル」

敏史がエルを呼び戻してもう一度試みる。今度はまっすぐ僕のバッグに走って行った。得意げに「ワン」、と吠える。

もう一つ得意げな顔がある。未也子だ。

「さすが名探偵ね。エルには犯人がわかったのよ」

「何の犯人ですか？」

ベニーが大きな目をもっと大きくして訊く。

「昨日の盗難事件」

「え、誰ですか？」

「決まってるじゃない、キャリーケースの持ち主。犯人はお兄ちゃんよ！」

「おまえ、なに言い出すんだよ。暑さのせいでおかしくなったか」

「エルがちゃんと教えてくれたじゃない」

「その手ぬぐいはおまえのだろ？」

「そう、私の手拭い。でも私が使った手拭いじゃないわ。ついさっき、おちゃらけた振りして局長さんの汗を拭いてあげたもの。私より、局長さんの匂いが強いはず。なのに、どうしてお兄ちゃんのケースに行くの？　……その中に局長さんの匂いのするなにか、つまり制服が入っているからよ。

違う？」

「………」

「でも援護射撃の共犯者でしょ？　次元大介ね」

「どういう意味ですか？」

ベニーが途方に暮れている。

「主犯がいるのよ、ルパン三世がね。それは……局長三世候補の敏史クン、君ね」

「えーっ。わざわざ自分の家に入らなくってもいいんじゃありませんか？　それに、敏史君は、ずっと落語会にいましたよ。あたしがサゲ言うまで熱心に聴いててくれましたもん」

「そうね、それは確かよね」

「じゃあどういう？」

「ルパンがいて次元がいれば、不二子も五右衛門もいるわよ。実行犯は……不二子のほうかな」

「そんなぁ。姉さん、あ、あ、あたしじゃありませんよ」

「あたり前でしょ。聴いてる敏史君ができないのに、喋ってるベニーにできるわけないじゃないの」

「じゃあ、まさか」

「そう、そのまさかよ」

「姉さんなんですか！　不二子？」

「あのねぇ……もういい。実行犯は英美ちゃん、よね？」

蝉の声が消えた。

「なんでわかったんだよ」

この状況では、僕が訊くほかあるまい。

「わかってなんかいなかった、さっきまではね。でもできすぎだったでしょ？　鬼の居ぬ間に洗濯って諺はあるけど、たまたま誰もいない、番犬さえ留守にしている日に空き巣が入るなんて……。局長さんに伺ったら敏史君が勧めてくれたんだそうよ、凄く面白いからみんなで聴きにいこうって。それから出演者の一人が、これは私かしら、エルを気に入ってて会いたがってるから連れて行く、と」

「おまえ、局長さんに言っちまったのか？」

「言わないわよ。まぁこれで敏史君の計画なのは見当がついたけど新たな疑問が生まれた。なぜだろう？　実行犯は誰だろう？……そしたら昨日の場面が甦ってきたのよ。確か敏史君は、井山さんがあの記事を書いたのを知って訓練所に同行したいと言い出したわよね、新聞記者に興味があるとも言ってた。その時の目が思いつめてるように感じたの。何だろう、記事に関係したなにかかなぁ、って。でも、いくら手引きがあっても、土地鑑のない人が、初めての家でそう簡単に目当ての物を持ってこられるもんじゃないわ。まして不器用なお兄ちゃんじゃね」

「不器用は余計だ」

「家の中まで知っていて、万が一、途中で近所の人に見かけられても不審に思われない人、家族ぐるみの付き合いがある英美ちゃんしかいないわ。蚊が苦手なエルまでわざわざ連れて来たのは侵入者の気配で吠えるかも知れないから、もしくは英美ちゃんだと知って吠えずにエルの名誉が傷付くからよ。それにさ、お兄ちゃんじゃ時間が足りないもんね。もう一つ、時間といえば、落語会が終わるのを見計らったように電話があったそうじゃない。偶然とは思えないし、一般の方に終演時間が読める？　子別れの通しよ？　犯人の中に落語に詳しい人、それも最後まで聴いて欲しかった人が交じっていた証拠よ」

その通りだった。途中まで英美ちゃんを迎えに行ったのも、ベニーの嘶が切れる直前、駐在所に「怪しい人影が郵便局から出てきた」と電話したのも僕だ。

「共犯者さん、なんで電話なんかしたの？」

「事件にしたかったんだ。ぼくが頼んだんだ」

敏史だった。

ここで中学生に任せては男が……大人がすたる。

「いや、俺が言う。そう、訓練所に行く車のなかで相談したよ。英美ちゃんも一緒だった。……敏史君は井山の記事を読んで驚いたそうだ。制服や備品の値段が違い過ぎるって。家業でやってりゃ帳簿くらい見る機会があるんだろ。それをみんなに知らせたいと思ったんだとさ。で、実際に使ってる制服が同じように盗まれて新聞社に届けば、今度は郵便局の入り値を調べてくれるんじゃないかと考えた……。事件になって、話題になって欲しかったんだってよ」

「敏史君どうして？　どうしてなの？」

「ぼくが知りたいからです。同級生に郵便配達担当の人の息子がいて、自分も将来郵便局に勤めたいって言ってる。ぼくよりこの仕事が好きなんだ。でも、もしぼくが跡を継いだら、ぼくが局長になるんです。おかしいでしょ？　ぼくは知りたいんだ。自分の家の、仕事の仕組みを知りたいんだ」

エルが心配そうに敏史を見上げた。

「気持ちはわからないでもないし、大事な問題だとも思う。でも、新聞に出てしまったら大変よ。穏便に済ませられないわよ」

「穏便に済ますってのが、純粋な青年は許せないんだろ」

「お兄ちゃんは黙ってて。英美ちゃん、私がわからないのはあなたなのよ。男は幾つになっても子供でね、思いついた悪戯を我慢できないところがある……けど、どうして英美ちゃんのようにしっかりした女の子が、一緒になって手伝ったりしたの？」

「……小右女さん、お寺は誰かが跡を継がないと、住まいからも出て行かなくちゃならないのを知ってますか？」

「え？」

「お寺に生まれた長男はもちろん、男の子がいなければ長女は、跡を継ぐのがあたり前だと思われます。檀家さんや親戚の人に期待されているのが伝わってきて、悪気がないのはわかっていても、プレッシャーなんです。でも、うちの両親は気にしなくていいって言います。好きな人ができて、お嫁に行きたくなったら行きなさいって。お母さん一人娘だったから気持ちわかるよ、って」

「………」

「母は、お父さんがお婿さんに来てくれて幸せだと、いつも言ってます。わたしお寺嫌いじゃないし、この町も好きだし、運命ってあるんじゃないかと考えたりします。でも、それを人に決められたくないんです。幸せの形を人に教えてもらいたくないんです。敏史君の家も同じなんだって、そう思ったんです」

　エルが英美ちゃんに近付くと、手に鼻面を寄せた。

「知恵《ともえ》ちゃんが、あ、敏史君の妹さんです。知恵ちゃんがわたしに言いました。お兄ちゃんは頭いいから東京の大学へいって大きな会社に入るかも知れない、そしたらわたしが郵便局を継ぐんだ、って。おばあちゃんががっかりしないように、わたしがお婿さんもらうんだ、って。小学生の子にそんなこと言わせるなんておかしくないですか？　誰も悪くないんです。敏史君のおばあちゃんも本当にいい人で……おばあちゃんは敏史君が局長さんになるのを、そしてそれが幸せなんだと信じてるんです。敏史君や知恵ちゃんに任せるんじゃなくて、周りのみんなが変わらなくちゃいけないと思ったんです。わたしもなにか手伝いたいって思ったんです」

少し震えていたが落ち着いた声だった。

「お兄ちゃん、五右衛門に言っときなさいよ」

「ん？」

「井山さんよ。受け取った制服を大義名分にして調査するつもりかも知れないけどさ、ジャーナリストならね、大義名分なんかなくても上司を説得して記事にすべきだ、って」

「ああ、伝えるよ。制服も郵便局に送り返す。ほんの出来心でしたと書いてな」

「そうね、制服が戻れば事件にはならないでしょ。……世の中には、優秀なお兄さんを持った妹の悩みってのもあるのね。想像すらできなかった」

「（こらこら、どさくさに紛れた後半はいらん）なあ銭形の姉さん、一つ教えてくれないか？」

「なに？」

「どうして俺が局長さんの制服を持ってると思ったんだ？」

「何年兄妹やってんのよ。お兄ちゃん、ついでになにかやるの異様に好きだもの。変なところ節約に拘るし。井山さんの新聞に関係しているんなら、同じ方向へ帰るお兄ちゃんが持っていくに違いないと考えたのよ。敏史君も英美ちゃんも、この辺じゃ顔を知られてて新聞社宛の宅配は出しづらい、かといって郵便局から送るわけにはいかないもんね。噺家の仕事は、人と世間の考察なのよ」

「姉さん、カッコイイです」

ベニーに笑顔と好奇心が戻った。

「ありがと。ミス・ポアロと呼んでもらおうかしら」

「じゃあ、あたしは若き日のミス・マープルにしてください」

「ベニーは楓家だから、マープルじゃなくてメープルかな」

「うまいね」

……うまいとは思えんが発言権はないだろう。

「やっぱり今回一番のお手柄はミスター、違った、ムッシュ エルキュールよ。ね、エル」

「ワン！」

エルが周りを見廻して高らかに吠えた。それは、場の空気が和らいだのを確認したしるしだった。

晩夏の蒼すぎる空に、その声が吸い込まれていった。

電話が鳴った。

「はい、ダヴネストです」

「ちゃんと出なさいよ」

未也子の声がした。あの日以来、電話応対マニュアルが変わってしまったのだ。そして僕は未也子に、もとい、小右女姉さんに口答えできなくなっていた。

「はい、演芸企画と探偵局の、ダヴネストでございます」

七つの子　―　二〇〇六年、秋　―

世の中には得体の知れない職業がある。得体は知れていているけれど、生態が知られていない職業もある。落語家はそのうちの一つであろう。ちなみに、本人達は落語家と言わず、噺家と自称する者が多数派だ。そのあとで相手の顔色を伺い、「まあ……落語家ですね」と付け加えたりするから、何のためにそう称しているのか理解に苦しむ。

噺家だろうと落語家だろうと社会の趨勢にまったく影響ないので構わないものの、それがどれくらい棲息しているのかすら一般の方には見当がつくまい。面白いことに、ちょうど国会議員くらいいる。江戸落語と呼ばれる関東周辺に衆議院議員ほど、上方落語と呼ばれる関西周辺に参議院議員ほど、大体そんな按配だ。

それを踏まえてお訊ねしたい。皆さんは、国会議員の顔と名前が何人一致しますか？

おそらく、テレビに登場するビッグネームと地元選出程度だろう。多めにみても全体の一割まで届かないと思う。つまり、名も知らぬ先生方が六百人以上いるわけで、それは噺家も同様なのだ。むろん違う点もあり、先生方は知名度に拘らず同じ額の歳費をもらえるが、我々の場合は知名度と収入が比例する。

自己紹介が遅れて申し訳ない。僕の名前は鳩巣亭右女太《きゅうそうていうめた》、江戸落語を演じる噺家の一人だ。階級的には前座の次で真打の前、二ツ目というポジションにいる。下の前座と上の真打は、例えばカラオケに行った時、「それじゃあ、まずワタクシめが前座で一曲」などと、本心では自分が一番うまいと信じている奴が歌ったり、ずっと無視していた上司に、「部長、最後は真打お願いします！」なんて、勘定を思い出させるためにおだてたり、と染み渡った呼称なのに、この二ツ目は全く認知されていない。

簡単に言えば、三、四年の前座修行を終え真打になるまでの十年前後を指す。その年月は、世間の皆さんが想像される「真打目指して芸道精進」と共に、社会人として暮らしていく糧を探す期間でもある。

稀に真打昇進問題への批判で、「真打は相撲でいえば横綱、それが大勢いるのはいかがなものか」、と言う方がいらっしゃる。ぜ～んぜん的はずれ。角界と落語界は、歴史と身体の重みはとても比べ様がないけれど、師弟関係、一門の括り、階級による序列、伝統と興行の相克等々、現在の組織形態が整ってからの在り様が似ているせいで比較対象にしやすいのだろう。前座が幕下で二ツ目が十両、真打が幕内ならば、喩えとして満更おかしくはない。幕内のほうが十両より位は上なのに人数が多いのも共通だ。また、時折り耳にする「十両に上がった時が相撲人生で一番嬉しい」には、心から共鳴できる。白い稽古まわしで土俵に上がれるのと、黒い紋付羽織で高座に上がれるのは、きっと似た感慨に違いない。

ただし落語界の階級は、角界よりゴルフ界に近い。協会が身分を保証する程度にしか機能せず、固定給はない。トーナメントプロになるかレッスンプロになるか、はたまた好きでいたいため他に収入のあてを求めるかは、それぞれの資質に応じて自分で考える。文筆業界に「ペンは一本、箸は二本」という名言（至言？）があるやに聞く。我々の扇子も一本しかないのであった。

で、僕はレッスンプロに踏み出した。落語教室の講師を師匠より引き継いだのである。

カルチャーセンターの落語講座は、どこも活況を呈している。大学の落研出身で定年を機に再び語りたいコアな落語ファン、舞台で何かしたいが楽器は苦手だしカラオケは飽和状態だし演劇は一人じゃできないしと悩んだ末のパフォーマー、小説家を目指し日本語のリズムを体に染み込ませたい文士の卵、生きた歴史資料を学びたい江戸マニア、プレゼンのため人前で話すのに慣れたいサラリーマン、等々である。

僕が受け持つ講座は毎月一回、千葉県の公共交通のヘソ船橋市の公民館を借りて行う。正月より十回の講座の間に噺を一つ憶え、修了後の十一月に市川市行徳のホールで発表会『まないた寄席』を開催する。これは、まるで噺家を表すような〝バカでスレている〟意味とされる『行徳の俎』に、開き直って演じるべく『俎の上の鯉』を掛けたネーミングだ。今でこそ行徳は市川市の地区名になっているが、昔は浦安市の東京ディズニーランドから（入れ替わりに閉園してしまった）習志野市の谷津遊園まで含む広域を指していた。東京ディズニーシーは、ＴＤの付かないＳＥＡそのものだった。

師匠曰く、「マイクで喋った経験（僕は元カナディアンロッキーのガイドだ）は両刃の剣。落語をその感覚でやると、スラスラ喋れても俗に言う素人っぽさが抜けねえ。一遍、身に付いたリズムを壊さなくちゃやな。そのためには、初歩から噛み砕いて演じてみせる講師の仕事は有効だ。一方の生徒さんにすりゃあ、プロの喋り方が固まった真打クラスよりも取っ付きがいいだろう」。僕の稽古にもなる、そう解釈した。

師匠は、「小右女は癖が付くと困るのでやらせなかった。落研時代の間を抜くのに精一杯だったからな」、そう続けた。小右女というのは僕の姉弟子で、戸籍上は妹にあたる。

講座のカリキュラムも終盤になっており、その日も発表会を睨んで実戦形式の稽古が進んでいた。各々新たに憶えた部分や悩んでいる箇所を、みんなの前で演じてもらう。

「さくらさん、前回より巧くなりましたねぇ。面白かったです」

「ありがとうございます」

「一つ申し上げるなら、表情が少し硬いですかね。この噺は、八五郎の物言いが特にキツイですので、怖くならないほうがいいと思います」

「わかりました」

本日最後の演者『相互楼さくら』さんが終わった。銀行の窓口にいる、うら若き女性を想像した方もあろうか？　残念でした。先ごろ定年退職したおじさん……親爺だ。それもガッチリした身体にイガグリ頭、ギョロっとした鋭い目付でべらんめえ口調。なんたって退職した職場とは、千葉県警なのだ。

地域社会の一民間人となるためには顔付や話し方が重要と考えた奥さんが、落語の受講を薦めたらしい。正解であろう。そして、僅かでも柔和になって欲しいとの願いを込め、芸名も奥さんが考えた。不正解であろう。名前の由来は、歌舞伎ファンである奥さんが、佐倉義民伝の主人公佐倉《さくら》惣五郎《そうごろう》に肖ったのだそう。落語の人気演目『寝床』のサゲで、「どこが悲しかった？ 惣五郎の子別れか？」と語られる、あの惣五郎だ。

「それでは皆さん、本日は以上です。発表会が近くなりました。噺の稽古はもちろんですが、着物や小物の準備もお忘れなきよう。もし疑問点があったらおいでください。打ち上げに行かれる方はそこででも構いません。お疲れ様でした」

講座のあとは、駅前の居酒屋に移動して恒例の打ち上げだ。こちらのほうを楽しみにしている人もいる。そのうちの一人は僕。

「兄さん、そこ、いいですか？」

打ち上げの場も温まった頃、さくらさんがビール瓶を持ってやってきた。こんないかつい親爺に兄さん呼ばわりされるのは心外だが、二ツ目身分では致し方ない。

「どうぞどうぞ」

さくらさんは手刀を切って席を詰めてもらい、僕のコップにビールを満たした。

「さっき言ってた着物の件ですが、あれはいくらくらいするもんなんですかねぇ。なにしろウチはほらっ、色々と物入りなもんで」

　さくらさん夫婦は、奥さんの定年を待って、キッチンカーを始める計画だった。お店を出すのが奥さんの夢だそうで、苦労をかけたお返しに協力したいと言っている。移動販売から始めるのも、江戸前（東京湾）新名物として売り出し中のホンビノス（クラム）チャウダー&自家製パンのみ、のメニュー構成も現実的だ。

「ピンキリですね。今はネットにも程度のいい古着が出てますよ。ただ、女性と違って男物は調整がきかないんで、ちょうどいいのがなければ、仕立て直しに上下で二、三万かかりますかね。羽織なしで、長着分の安い反物を探したほうがいいかも知れません」

「……あのう、女物でも男物に直せるもんでしょうか？」

「えっ、女物？　はい、着物は縫い目を解けば一枚の布に戻ります。男も女もありません。長さはたいがい大丈夫です。問題は幅ですね」

「そうすか。……死んだおふくろの着物が一枚あるんですよ。地味な色だし柄もないんで男が着てもおかしくないかなぁ、と思ってね。節約になりますでしょ」

「形見ですか？」

「それ程のもんじゃありません。どういうわけか一枚残ってまして」

「地味な色なら生地は男物かも、ですね。仕立て屋さんに訊いてみましょう。次回……じゃ間に合わないか、時間がある時に連絡ください。お預かりします」

「そいつは、おそれいります」

メールアドレスの交換をしていると、ホロ酔いになった文士志望の『亜北斎勝鹿《あほくさいかつしか》』さんが、徳利の首をつまんでフラフラ歩いてきた。

勝鹿は葛飾の別表記で、万葉集などに載っている。寅さんや両さんの影響で、葛飾は東京の地名だと思っている人も多いが、葛飾郡の中心は千葉県北西部だった。元高校の教師だけあって歴史に詳しいようだ。鹿には「はなしか」の意味もあるし、亜北斎と斜に構えるのは、写楽斎《しゃらくさい》をもじり文士志望らしく白樺《しらかば》派の「ばからしぃ」に通じて、芸人っぽい。講釈師に似合う名前だ。

「なんの話ですぅ？　え、着物？　はいはい。今ね、あちらにいる妙齢のお嬢さま方、妙齢の年長組ですけどね、そのお嬢さま方もその話で持ち切りですよ、着物は女の病だと書かれた小説があるって。……アタシはね、紬をもってるんですよ、大島。大島の亀甲ですよ。なんとなく文士って趣きでしょ？　ねえ、右女太師匠」

「いやいや、師匠は勘弁してください」

「じゃあ先生だ。そうでしょ、我々は教わっているんだもの。ねえ、さくらさん」

「仰る通り。でも勝鹿師匠、兄さん、のほうが粋じゃないですか？　まだお若いし」

職業上の経験か、さくらさんは酔っ払いの扱いに慣れている。

「なるほどね。……ウフフ、師匠って呼ばれるのはいいもんですな。アタシもそうお呼びしましょう。さくら師匠、今日の高座は立派なもんでしたよ。二十四孝」

「滅相もない。勝鹿師匠の千早ふる、の足元にも及びません」

「いやあ……グフフ、そうですかぁ。師匠、じゃなかった右女太兄さん、どうでした？　ぜひ忌憚のないご意見をお聞かせくださいな」

「よかったです。やっぱり本物の先生だった方は、解説が手慣れています」

勝鹿さんのネタ『千早ふる』は、知ったかぶりして百人一首の珍解釈を繰り広げるバカバカしい噺だ。台詞の一節を、漱石が『二百十日』で逆向きにパロディ化している。

「グフフ、そうですか。あたしはねぇ、願掛けと断ち物をするフレーズが気に入ってるんですよ。……断ち物ってえと茶断ちとか塩断ちとか？　そんなもんじゃない、断ったのは女だ、若いみそらで女を断つなんざぁ容易なこっちゃないよ。歳いったって断てないのが世間にゃいくらでもいるんだから……。どうです？　このクスグリ」

「うまい。ウケますよ、私も使わせてもらいたいなぁ」

「グフフ、プロに言われちゃ照れますねぇ」

「いえ、プロもアマチュアもありません。落語はニンに合った噺が一番です」

ニンに合うのニンは、人や任すの字を充てる。その人の生まれ持ったキャラクターに相応しい、といった意味だ。

「そうですかぁ？　本気にしちゃいますよ、グフフ。うん、ニンに合うって言えば、さくら師匠の二十四孝、おふくろさんに悪態を付くとこなんざぁ、ハマリ役、ハマリ噺ですねぇ」

「うっ」

突然話題を振られ、さくらさんがビールに咽る。

「それはどうも。うちは実際ああいう親子でしたんで。芸じゃなくって地ですよ。思い出しながらやってるだけ」

さくらさんの演目『二十四孝』は、八つぁんが女房と母親を離縁するんだと騒いで大家さんに諌められる典型的な江戸っ子ネタだ。母親と倅の掛け合いでサゲになる。

「さくらさん、あれは私の師匠、右生もお気に入りなんです。名作だって言います」

「そうなんですかぁ？」

さくらさんより早く勝鹿さんが反応する。

「ええ、十五分で二十四孝ができるのに、三十分かけて子別れ演《や》る必要はないと。実際に師匠はやらないんですよ」

「右生師匠、子別れ合いそうですけどねぇ」

勝鹿さんの目の焦点が絞れてきた。さくらさんもグラスに口をつけたまま聴いている。噺の解釈や芸談、業界のウラ話が好きな落語ファンもいらっしゃる。

「子別れの母親より、二十四孝の母親のほうが江戸っ子を産みそうだって言ってました」

「あれだけ口の悪い奴のおっかさんですもんね、うん」

「母親が率先して息子を罵倒するのが嫁と上手く暮らすコツで、息子を共通の敵にして男ＶＳ女の図式に変えるんだとも。師匠は、よく初鰹の話を喩えにひきます」

「はつがつお？」

「はい。江戸っ子は女房を質に置いても食う、と言いますよね？　実際は、暖かくなって着なくなった袷の着物が多かったそうです。その季節を詠んだ師匠の好きな川柳がありまして、藍縞のかたみ涙の辛子味噌。……不粋を承知で解説しますと、藍縞は着物と鰹の柄、形見は片方の身にかけているんですね」

さくらさんの着物が、マクラネタを呼び起こしてくれた。人情噺のマクラには笑える小噺や駄洒落、滑稽噺には雑学や蘊蓄を選ぶ。

「袷がなくなった形見のような銭でも高い初鰹は片身しか買えない、がっかりして食べると辛子が効いてて余計に泣けてくる……鰹の力の字もなく、鰹の色柄や値段、辛子味噌で食べる習慣などの江戸文化を紹介し、なにより食べたいと思わせる傑作だって」

「確かに。うん、うまいもんだ」

「しかし女は現実的ですから、すぐ安くなるのに、と苦情を言います。亭主や息子は、おめえらには粋ってものがわからねえんだよと言い返し、夫婦喧嘩や親子喧嘩が絶えなかったようです。で、初夏だってたまには肌寒い日がありますでしょ？　そんな時に女たちが仇を取ります。――寒い日におまえ鰹が着られるか――この言葉遣いは女房じゃない、二十四孝の母親が詠んだ川柳だ、そう師匠に教わりました」

「う〜ん、右生師匠らしいなぁ。ときに、鳩巣亭右生の名跡は、どこの系統ですか？」

「初代は三遊亭圓生の相弟子だったと聞いています。圓生の初名は、師匠烏亭焉馬《うていえんば》の焉に笑うで焉笑、それを山で遊ぶ猿も笑うと書く山遊亭猿笑に変えましたが、ウチは烏亭の烏《う》をとって、あまりに粗末な家で烏《からす》も笑うと付けたようです。鳩の巣ってのはあばら家の代名詞ですから……。師匠本人は、烏合の衆にも笑われる烏笑だと言ってます」

「ふんふん、洒落が効いてる」

「ただ、ハトにカラスだと鳥が重なるんで右に変えたんじゃないですかね」

「なぁるほど」

束の間素面に戻った勝鹿さんは、さっそく誰かに一席ぶちたくなったのか、むにゃむにゃと挨拶し徳利をもって去っていった。さくらさんが顔を向ける。

「兄さん、二十四孝の母親どう思います？」

「どう、と言いますと？」

「あんな倅でも、かわいいもんでしょうかね？」

「それはそうでしょう。師匠は、こう付け加えてました。悪態ついて寝ちまった酔っ払いのために一晩中蚊を追い払ってくれるのは、そしてそれを自ら口にして厭味にならないのは、産んだ母親だけだって」

さくらさんはビールの泡が消えていくのを眺めていたが、振り切るように口を開いた。

「兄さんのお宅は、妹さんが一人でしたね。うちは腹違いの姉さんが一人いて、あとは男二人なんですよ。兄貴ってのが出来が良くてさ、自分で言うのもなんだけど、同じ親から生まれたとは思えない。学校の成績はいいし男前、気性も真っすぐだ。頭は上がらないし喧嘩にもならない……」

突然なにを言い出すのだろう。

「おふくろも文句の付けようがなくて、怒られるのはいつも俺の役でした。もっとも、山の中に隠れ家作って行方不明騒ぎを起こすは、隣町の中学校と果し合いはするは、仲間の家で酒呑んで階段から落ちるはじゃあ、怒られたって仕方ないやね。親父は大人しい人だったから、ガキの頃はバンバンおふくろに叩かれてねぇ……おっかなかった」

「さくらさん、ご出身は？」

「信州です。岡谷ってわかりますか？　ほら、あゝ野麦峠って映画があったでしょう。大竹しのぶが出てた、あの舞台」

あゝ野麦峠……おぼろげに、若い娘がお湯の中から糸を引っ張り出す映像が浮かぶ。

「すいません、女工さんが苦労する話でしたか？」

「それ。うちのおふくろも女工だったんですよ。本人は、苦労もしたけれど待遇は悪くなかったと言ってました。なにより金を稼げたんで助かった、正月に土産もって田舎……生まれは伊豆でしてね、その実家に帰る時は誇らしかった、と」

「映画には脚色もあったでしょうしね」

「ええ、しょうがありません。ばあさんも若い時分には西伊豆の、松崎だっけかな、糸工場で働いてたそうで、それ聞いて育ったおふくろは、片親で貧乏だったし、小学校終えると糸工場が残ってた岡谷に出たんですよ。戦争が始まって女工になる人も減っちまって、永い間勤めるうち、女房を亡くした親父の後添えに望まれたようです。親父は銀行員でした。普通ならとても一緒になれねえや。おふくろは俺と似ててさ、器量はよくなかった。でも働き者でね、女手を求められたんじゃねえかなぁ」

「…………」

「前のかみさんとの間に娘が一人、俺より十五も上の姉さんがいまして、そこへ後妻に入って親父そっくりの長男を産んだもんで、親戚とも悪くなかった。騒ぎ起こすのは俺ばっかりだ」

「………」

「昔のことなんざ忘れてたんですよ。それが、おふくろの葬式の時に遺影を作るんだってアルバムひっくり返してたら、俺らの入学式の写真が出てきたんです、小学校の。兄貴の時はおふくろ着物でね、俺の時は洋服だった。いい歳してみっともねえけども、それ見てさ、やっぱり兄貴のほうがかわいかったのかなってね。さっきの話を聴いてると、女にとっちゃ着物は特別なようだし……」

着物は女の病か。麻薬だと言った人もいたっけな。

「最初のお子さんだったからではないでしょうか。妹に言わせると、僕も贔屓されてたんだそうです。とてもそうは思えないんですけどねぇ」

「その程度かも知れませんな……俺が着物のおふくろと並んで写ってるのは、七五三の時の一枚っきり。その時着てたのが、さっき言ったやつなんですよ」

「結婚式は？」

「姉さんの時は着物で、俺らは隅っこに写ってました。あとは兄弟の結婚式も親父の葬式も洋服。太ったもんで面倒くさくなったと、みんな寸法直して姉さんにやっちまったそうです。商売柄モノは良かったようでね、姉さん喜んでました。ああ、俺や兄貴がもらったってしょうがねえし、生さぬ仲とはいえ娘にやるのはあたり前で構わないんですよ。……すいません、つまんねえ話を。へへっ、呑みすぎちまったみてえだ」

　僕は、フォローの仕方も方向もわからず、ビールを啜った。

「兄さん兄さん、きれいどころを生け捕ってまいりましたぁ」

千鳥足になった勝鹿さんが、女性を伴い戻ってきた。助かった。

「ほら、妙齢のお嬢さま」

「もうっ。先生、こちら失礼なんですよ。妙齢だと喜ばしておいて、妙齢の年中さん、なんて余計なオチを付けるんですから」

「しーっ、年長さんに聴こえちゃう」

「ひど〜い。告げ口しちゃお」

　八街市から通ってくる『ファームス亭ピー夏』さんだ。芸名の通り、落花生農家の奥さまである。農家民宿に取り組む現役女将だが、子供が手を離れたのを機に、接客の参考にもなると落語を始めた。来た途端に場が明るくなるのは得難い才能の一つであろう。さくらさんの表情も和んだ。

「先生、私の紙入れはいかがでしたぁ?」

「面白かったですよ、真に迫ってて。ご主人が心配しちゃいますね」

『紙入れ』とは、亭主の留守に夫婦共通の知人である若者を招き入れる人妻の噺。おかしくも笑えない、ある意味では怪談だ。

「そうかしら。先生みたいなイケメンだったら考えてもいいわね、ウフフ」

「ちょいとぉ、あぶない発言ですよぉ」

勝鹿さんがツッコむ。笑いが満ちたのを潮に、さくらさんが立ち上がった。

「勝鹿師匠、どうぞこちらへ。ピー夏姉さんは、右女太兄さんの隣がいいや。充分座れるでしょ、スマートですから」

「あら、こちらのお兄さんもお上手。じゃ、お邪魔しちゃおかな」

さくらさんに会釈すると、胸のポケットを指先で叩いて頷いた。連絡しますの念押しであろう。

僕は大きな背中を見送った。肩が丸くなっていた。

翌日、早々にメールが届き、待ち合わせて着物を受け取る。警備会社に再就職した元刑事と独立して間もない若手噺家は、ともに昼間の自由時間が多い。さくらさんは、しきりに「ゆうべは下らない話をしちまって面目ねえ。忘れてください」と、前夜の言い訳をしていた。家族の話題は誰しも照れ臭いとみえる。

ウチの一門は毎月一日に師匠のお宅へ集まる決まりになっていて、その際に預かった着物を持参した。仕立屋さんは師匠に紹介していただいたので、イレギュラーなお願いをする際には一言断るのが筋。これは業界的に大切な折り目なのだ。

「受講生の中に相互楼さくらさん、という人がおりまして」

僕がそう口を開くと、未也子がマグカップを咥えたままフフンと鼻で笑った。コーヒーにはクリームじゃなく、たっぷりの牛乳を入れるのが師匠の流儀。外では紅茶しか飲まない理由だ。弟子もマイカップをキープしており、遠慮なく噛んだり舐めたりできる。

「また銀行員のお姉さんか元お姉さんにデレデレしてんでしょ」

皆が皆、芸名を聞くと銀行を連想する。さくら銀行も相互銀行も最近見かけないのに。

「残念でした。男なんだよ。それもいかつい」

「へー、さくらってより寅さんて感じ？」

「違うな」

「じゃあ、タコ社長」

「それも違う。元刑事なんだ。強いて言えば、あの俳優さんに似てる。渡辺……なんだったっけな。ほら、よくテレビで見る人、下の名前が漢字一字の……」

「えっ、渡辺謙？」

「いや、もっと横に大きいんだよ。ほら、あの人……」

「渡辺徹か？　体格もいいし、元ラガー刑事だぜ。榊原郁恵の旦那」

師匠が世代を偲ばせる答えを発した。

「いえ。あ、思い出した、渡辺哲！」

「……たしかに渡辺謙とは違うわね」

「渡辺徹にも遠いな」

「ああいうタイプがホロッとさせるといいでしょ。その人もね……」

僕はひとしきり、さくらさん一家の歴史を語る。

自身も次男の師匠は兄弟間格差に興味をそそられたようだが、未也子は形見の着物に異常反応した。着物を前にすると女は目の色が変わり、他に関心を示さなくなる。そして盛んに焚き付けるもので、師匠も「見せてみな」と言った。言わされた。

急いでコーヒーを飲み干しカップを片付け手を洗う。着物に触る時は万全を期すのだ。

風呂敷をほどく。くすんだ茶色の着物が姿を現した。

「ちょっと貸して」

未也子が手に取って開く。何の変哲もないと思っていた生地が、ヌメりを含んで光った。

「不思議な手触りね。色合いも渋くて素敵」

未也子が立ち上がり、羽織る。

「う〜ん、私には短いかも」

おまえのサイズは関係ない。心配しなくていい。

「お母さん、小柄で太めの方だったようね」

そのまま鏡の前に移動してポーズを取っている。コイツも女であったか。

和服の丈は肩から踝まで。男は身長マイナス三十センチ程度。女性は端折るので身長と同じくらい必要になる。私には短い、と嘆いた未也子にとっても羽織るぶんには充分なのだった。

「お兄ちゃん、さくらさんの身長は？」

未也子が現実に還ってきて訊く。

「師匠より気持ち高い」

「ふ〜ん、俺も着てみるか」

未也子が立ち上がった師匠の後ろに廻り、そっと肩にかける。噺家なら誰もが前座時代に何百回とやる仕事だ。二ツ目になっても身体が反応する。

「見た目より軽いな。生地がいいんだろ」

「はい。私もそう感じました」

「でもなんだ、丈《たけ》は延ばせるだろが、裄《ゆき》は足りねえんじゃねえかね」

師匠が背筋を延ばして立つ。裾は踝の少し上、袖口は手首のだいぶ上だ。

「昔の紬だものな、あって一尺か」

師匠が脱いだ着物を裏返した。坐って畳紙に広げる。

「裏から袖を見りゃあだいたい……ああ、こりゃ無理だ。仕立屋さんに訊くまでもねえ。一尺どころか三十七あるかどうかだろう」

着物の一尺（鯨尺）は約三十八センチである。

「ダメですか？」

「全然足りねえや。そんでも、長襦袢ならいけるんじゃねえか？　襟を直せば済む」

「ああ、その手がありましたね」

師匠や大師匠の古い着物を長襦袢に使うのは珍しくない。わざと隙を作るというか、あえてバランスを崩すというか、単にもったいないというか、日本的感性の一例と言えよう。一尺ずつ色柄が違う見本用の反物で仕立てた長襦袢も定番だ。本人たちは粋だと信じているけれど、知らない人が見たら変種の錦鯉もしくは平安京のホームレスである。

「なにかで使いたいですもんね」

「どこの織かね？　右女太、さくらさんの郷里は？」

「信州の岡谷だって言ってました」

「絹の本場か」

「お母さんは伊豆だそうです」

「伊豆？　あんまり織物のイメージはねえなぁ」

師匠は着物を掲げ、ためつすがめつしたかと思うと、背中部分から前、袖の中と手をすべらせて撫で、首を傾げた。

「独特の手触りだ……あれ、何か入《へえ》ってる」

そう言うと、袖の中から一枚の黄ばんだ紙を取り出した。七夕の笹にぶら下げる短冊風で、画《え》と字が書いてある。

「お札……護符かね。右女太、知ってたか？」

師匠が札を僕に差し出す。

「南無馬頭観世音菩薩……いえ、僕は聞いてません」

「馬頭観音か」

師匠は坐り直すと改めて札を手に取り、呟いた。

「馬頭観音て、どんな御利益があるんですか？」

末也子が目をキラキラさせて膝ごと乗り出した。煩悩の塊である。

「難しい教義はともかく、馬繋がりで家畜だの、動物の供養にはよく出てくるな」

「師匠、詳しいですね」

僕も感心して上半身を乗り出す。

「まあな。競馬場には必ずあるし」

やっぱりそこか。

「俺も一っ時凝って、あちこち廻ったもんだ。関東は大方参拝して悟りを開いたね」

「どんな？」

「信心と馬券は関係ない」

当然だろう。誰かがはずれないと競馬は成立しない。

「動物の供養なら、着物やお母さんには関係ないですよね」

「いや、なくもない。馬頭観音は畜生道の担当なんだ。極楽へ行けずに畜生道で馬になった母親が出てくる話知らないか？」

「はいはい。国語の教科書にあった気がします」

「お兄ちゃん、誰の作品だったっけ？」

「あれは、たしか……芥川龍之介。タイトルは……忘れた」

「もう、肝心な点を」

「中身は憶えてるぜ。仙人になるための口を利かない修行で、色んな責め苦を受けるんだよ。じっと耐えていたのに、母親がムチで打たれながらも自分を想ってくれる姿を見て、お母さん、と叫んじゃう」

「……その畜生道担当の馬頭観音が、なんで着物に入ってるんだろ？」

「あ、これだ」

「なんですか、師匠」

「ここ見てみな」

師匠が端の小さな文字を示した。「天蚕堂」と読める。

「蚕は一頭二頭と数える家畜だそうだ。その供養なんだろ……あれ、やっぱりおかしい」

「なにがです？」

「天蚕てのは野生の蚕だと聞いたぞ。糸を採ったとしても、家畜とは言えねえよな。祀ってるお堂なんかあるんだろうか？」

論理的である。

「それから、この馬頭観音、手を合わせてねえ。房総の馬頭観音は馬に乗ってるとか地域色はあっても、こんな手つきは初めてだ」

「なにか抱えてますね」

未也子が顔を近付ける。木版とおぼしき仏画は、草書の文字みたいではっきりしない。

「うん、そう見えるな。仏像の手は大事なんだぜ、新作落語に、ズバリ観音の手というのがある」

「えっ、お兄ちゃん、知ってた？」

「いや。師匠、誰の作ですか？」

「直木賞で有名な直木三十五」

「へ～、直木が落語を創ってたんだ」

「さっきは芥川で、今度は直木、できすぎですね」

「それだけ観音さまは身近だったってこった。うん、ここに秘密がありそうな気がする」

師匠はお札を膝の前に置き黙ってしまった。久しぶりに真剣な顔を見た。

「おまえら、探偵事務所やってんだろ？」

「え？（いきなり問われても……）」

「はい。そうなんです。ダヴネスト探偵局」

局長は躊躇いなく答える。消りたい、裏付けもないのに揺るがない信念に。

「俺が依頼しよう。このお札の意味と出所を探ってくれ」

「お札の探索ですか？」

「ああ。探偵は殺人事件を捜査するもんだと勘違いしてる奴が多いけども、探偵の探は探索の探。そもそも密室殺人を解決するのなんか簡単だよ。よぉく考えてみろ、密室やら無人島やらで殺人を計画するのは頭が悪い証拠だ。ボロを出すに決まってる」

おお、すごい説得力。

「てことはだよ、密室や無人島の殺人事件なんぞにかかずらってあたふたしている探偵も似たようなもの、ってこった。ついでに……やめとこう」

師匠、賢明な判断です。それ以上続けると敵を作りかねません。

しばらく上目で考えていた未也子が、おもむろに視線を戻す。

「師匠、申し上げにくいのですが、報酬は？」

「取るの？」

「損得ではなく、責任ある仕事をするための自覚に必要ですので」

おお、すごい虚言力。己をも欺いている。

「よし、じゃあ羽織を一枚ずつ拵《こさ》えてやろう」

「ホントですか？」

「噺家に二言はない。ただし逆出世払い」

「？逆出世払いってなんですか？」

「？（それ以前に、噺家は二言どころか三言も四言もありそうです）」

「おまえらが真打になった時に誂《あつら》えてやる」

「ありがとうございます！嬉しいです」

「ありがとうございます！（喜んでおこう）」

想定外の展開で、望外の報酬である。

「ちゃんと、馬頭観音像も突き止めるんだぞ」

「は〜い、師匠」

「右女太、さくらさんに調べる許可をもらっておきな」

「はい。でも師匠、なぜそこまで？」

どうしても気になってしまう。

「この抱いてるものな、金塊じゃねえかと思うんだ。今度こそ競馬に効きそうだ」

そんな邪気に満ちた仏像はあるまい。畜生道より餓鬼道に近い。

「師匠、私もそう思ってました」

観音さまゴメンナサイ。罪深い師と欲深い妹をお許しください。

ダヴネスト探偵局小右女局長は羽織をチラつかされ、目の前にニンジンをぶら下げられた馬状態でいきり立った。その夜のうちに、電話で役割分担を伝えられる。

「探索の標的は二つ、お兄ちゃんは天蚕を調査して。私は馬頭観音」

女の子は虫が苦手なのよ、と言い訳していたものの、本当は御利益に近そうなほうを選んだのが明白である。伊達に三十年も兄をやっていない。

翌日から僕はネットを駆使し、天蚕を探索する。同時に、ネットを駆使し、さくらさんの着物も探索する。預かった紬を襦袢にするのなら、高座着を調達しなくてはならない。御札の探索を承諾してもらいがてらの相談の末、師匠のアドバイスで反物を買うと決まり、選定から仕立てまで任されたのである。

ネット市場に出回っている男性用紬の反物は羽織と長着両方分の長さが主流で、柄は無地か亀甲が殆ど。木綿は幅が足りない。そこいくとウールなら幅広も手に入るし縞柄を選べば江戸っ子ぽさが出る。長着だけでもおかしくなく仕立て代の節約になる。それが師匠の提案だった。「いい物を見せてもらったお礼に半襟をプレゼントしよう」との余禄付きだ。

僕は絹織物の素を探索すると同時に毛織物を物色する、ややこしい業務に没頭した。反物はデッドストックをネットオークションで確保し、襟を直すため（女性用は幅が広い）の紬と一緒に仕立屋さんへ届けた。天蚕のほうも、興味深い発見があった。

「どう？　探索は進んでる？」

局長から経過報告の催促だ。

「お札さがしも楽じゃないよ。やっぱ噺家はお札はがしだろ、一字で大変な違いだな」

「お兄ちゃん、あんまり面白くない」

お札はがしとは、三遊亭圓朝『怪談牡丹燈籠』の一話である。歌舞伎演目としても演じられているし、この速記が、現代小説文体の手本になったとされている。

「そっちは？」

「まあまあかな。馬頭観音はね、馬の口って書く馬口印という手の組み方が特徴なんだって。師匠が言ってたように、なにか持ってるタイプは全然ないのよ」

「じゃあ、だめじゃんか」

「それがそうでない。師匠がもう一つ言ってたでしょ。密室や無人島の殺人事件は簡単なんだって。見つかりさえすれば確定的じゃないの。あっちこっちに候補があるより簡単なのよ」

「言えてる」

「でね、ほら去年の夏に行ったお寺の、英美ちゃん憶えてるでしょ？」

「うん」

「メールしてご住職に訊いてもらったのよ。そしたらね、馬は交通機関だったんで、馬頭観音も道端の石像が多くてさ、お寺に祀ってあるのは案外と少ないんだって。御札があるんだもの道端じゃないわけでしょ？　羽織ゲットは時間の問題よ」

　吾妹がこんなに筋道立った思考ができるとは。誰に似たのだろう。

「天蚕は？　なにかわかった？」

「ああ。天蚕すごいぜ。シルクのダイヤモンドって言われてて、価格が普通の絹の何倍もするんだと。緑色のきれいな蚕でさ、大きいんだよ、でな、繭も糸も緑」

「天蚕すごいぜ？　お兄ちゃん、勘違いしてるでしょ。調べるのは天蚕の生態じゃなくて、天蚕堂のありそうな場所なのよ、もう。どうして男は虫となると夢中になるかなぁ。緑の着ぐるみでガチャピンにしちゃうよ」

「……そうでした（彼は虫じゃなくて恐竜だ）……」

「で、いま飼ってるところはあるの？」

「それだよ。ビンゴ。さくらさんの郷里、信州に天蚕センターってのがある。元々江戸時代に安曇野で養殖が始まったようだ」

「他には？」

「関東では群馬」

「ああ、富岡製糸場があるもんね。信州と同じく絹の本場よね。あとは？」

「東京に一ヶ所」

「東京？　奥多摩のほう？」

「いや、千代田区」

「ド真ん中じゃん！　どこ？」

「でも、そこは違うんだ」

「探索に決めつけは禁物。どこよ？」

「……皇居」

「ええっ、皇居で蚕を飼ってるの？」

「代々の皇后陛下が養蚕やってるんだとさ。その中に天蚕もいる」

「へ～、知らなかった。でも、あそこには入れなそう」

そう、じゃない。入れない。入れてもらえない。

「さくらさんの話の様子じゃ、お母さんはあまり遠くまでいかなかったと思うんだ」

「あの着物古かったし、昔いた地域が近場でもっとあるかもね。それよりさ、天蚕に限らず虫をお堂に祀るかしら？　念のため、普通の蚕も調べてみて」

「了解」

「仕立てが終わったら連絡頂戴ね。次回の打ち合わせはその時に本部で」

「了解」

着物と襦袢が仕立て上がって、約束通り……訂正、指令通り受け取りメールを入れると、未也子はベニーを伴ってやってきた。

「姉さんが、珍しい着物を見せてあげると誘ってくれました」

「どうぞ、どうぞ。散らかしてますが」

「本当に散らかってるわね。私が住んでる時はきれいだったのに」

僕の部屋は、未也子が暮らしていた、演芸企画と探偵局のダヴネスト本部である。

「飲み食いする前に、着物見るか？」

「うん、ベニーはそのためにきたんだもんね」

「はい、楽しみです」

僕は三人の中央に畳紙を二つ並べ、紐をほどいた。いつぞやの紬には、モスグリーンの半襟がついている。

「触ってもいいですか？」

「どうぞ。羽織ってみてください」

ベニーが紬を持ち上げ、うわっと声を漏らす。

「光った」

そっと生地を揉んでいたベニーが立ち上がり、羽織って窓辺に寄る。

「姉さんが言ってた通り、軽いし柔らかい」

「でしょ」

未也子は自分の着物であるかのように得意顔だ。

「仕立屋さんが言うには、天蚕の糸が混ってるんだって。それで光沢が違うんだとさ」

「へえ、そうなんだ」

ベニーが羽織ったまま一回りする。

「丈がピッタリです。裄は詰めなきゃいけないかなぁ」

……ベニー、君のサイズも関係ないのだよ。心配しなくていいのだよ……

「一枚欲しいですよね、姉さん」

「そうね、でも高そう」

「値段云々より、現代じゃ手に入らないだろうってさ」

「残念。姉さん、そっちの長着はなんですか？」

「お兄ちゃん、これがウール？」

未也子はもう一つの包みを開け、唐桟の長着を膝の上に載せた。

「そう、渋いだろ」

「うん。ウールって言うから、温泉旅館の丹前もどきを想像してた。ツイードっぽい風合いよね」

この時代にウールの唐桟を薦めるなんて師匠らしいな。

「ウールの唐桟かぁ、縞物は粋ですよね」

「コホン……唐桟の着物に献上の帯、藍染めの前掛けをキュっと締めまして、ちょいとしたお店《たな》の手代といった扮装《こしらえ》でございます」

僕は、好きな噺の一節を口にする。

「茶金ですね」

返事の代わりに笑ってみせる。『茶金』は、上方落語『はてなの茶碗』の関東名だ。舞台の京都にふさわしく、着物が人物描写に役立っている。これまで、憶えたまんま思い浮かべもせず喋っていた自分が恥ずかしい。

「風通したほうがいいでしょ」

一瞬あいた間を読んだ未也子が、衣紋掛けを二つ出し長着と襦袢を窓枠に吊るした。

ベニーが、ポテトチップとお茶のペットボトルをテーブルに並べる。さあ、作戦会議だ。

「まず馬頭観音ね。馬が蚕になったという伝説があって、その証拠に、蚕は顔が馬に似てて背中に蹄のマークが付いてるんだって。馬頭観音にも縁はあるわよね。祀ってるお寺は少ないと喜んでたのにさ、本尊が少ないだけで、馬頭観音自体は割とあるのよ、特に旧《ふる》い街道沿いのお寺には。でも、やっぱりみんな手を合わせてる。全部調べるには、それこそ手が足りないわね。そうそう、師匠の言う直木が創った落語はね、千手観音が手を貸す商売を始める噺だった」

「えっ姉さん、直木が創った落語って、直木賞の直木ですか？」

「そうよ。タイトルは、観音の手」

「おもしろいですか？」

「う〜ん、微妙」

「ウケそうにない、と」

「高座にかけるのは無理、かな。で、お兄ちゃんのほうの調べは進んだ？」

「おう。蚕は偉いんだよ、お蚕様。蚕糸《さんし》は農産物なんで五穀豊穣の親戚扱いだな。長野、山梨、群馬、栃木、茨城、埼玉、養蚕の盛んな土地には必ずってほど蚕の神社がある。お寺のほうも、例えば、秩父霊場三十四箇所巡りの一番札所に蚕が祀られてるってさ。ただし全て家蚕、白い蚕。秩父といやあ、秩父事件で処刑された首謀者は天蚕の養殖をやってたんだと」

「秩父事件てなあに？」

「農民蜂起。昔の百姓一揆の大がかりなやつだな。西南戦争に準じる内乱扱いだったそうで、首謀者は西郷隆盛に準じるわけですよ、うん。土地の名士なんだろう」

「へー、そんな人が天蚕養殖やってたの」

「天蚕も、馬頭観音と同じく旧街道地域にいたんだな。残念ながら近くても別路線、接点がないと乗り換えられない。天蚕堂っていう駅には辿り着けない」

「迷子になっちゃったわね……」

未也子が両手でペットボトルを握り締める。集中して考える際にする癖だ。

「あのう……」

ベニーだった。

「なんです？　姉さん」

「もしかしたら、天蚕は茶金じゃないでしょうか？」

「ん？　どゆこと？」

　未也子がボトルの手を離す。

「茶金は、茶道具屋の金兵衛さんの略ですよね。この天蚕も、天なにやらの蚕糸堂ではありませんか？」

「ああ、天童市の蚕糸堂や天竜峡の蚕糸堂ですね、姉さん」

　探索担当者には天啓だ。

「そうです。他に、読みが違うのも有りだと思うんです。船頭の徳兵衛で船徳《ふなとく》みたいな。天草市の蚕糸堂や天城峠の蚕糸堂など」

「あっ、天城！　お兄ちゃん、さくらさんのお母さん、伊豆の出身だって言わなかった？」

「言ってた！　昔は、伊豆でも養蚕や製糸業が盛んだったたって」

「お兄ちゃん、パソコン借りるわね」

　未也子は僕のパソコンを叩き起こすと猛烈な勢いで検索を始めた。首を捻り、語句を入れ直し、また首を捻る。ない、ない、ない、と呟き、時折「天城ぃ〜越え〜」などと口ずさんでいる。

……越えちまっちゃダメなんだよ……。

　しばらく固唾を飲んで肩越しにモニターを覗き込んでいた僕とベニーが緊張に疲れ、風を孕んだ紬に興味を移した頃だった。

「あ！　いた！　ここにいた」

未也子が絶叫した。

「天城に蚕がいたのか？」

「そっちじゃない、私のほう。包みを抱えた馬頭観音が、下田にいたのよ」

そう言って、パソコンの前をあけ指を差した。下田か、本当に天城越えだったのか。僕とベニーが顔を寄せる。大魔神のようないかつい顔した像が、なにかを持って坐っている。下にこう記されていた。

―子育馬頭観音―

「抱えてるのは赤ん坊だったのね。おかしいと思ってたんだ、金塊なんてさ」

おまえだ、イレ込んでいたのは。

「ベニー、伊豆へ行かない？　ダヴネスト探偵局の経費で」

「行きます」

「いつが空いてる？」

「しばらく寄席は入ってないんで、平日ならいつでも」

「じゃあ、今晩メールする。私、二時間ドラマ観る度に思うんだけどさ、あの探偵に一番向くのは噺家よね。だって全国どこへ行っても不自然じゃないし、事件が起きたらそのまま居残ったって仕事に差支えないんだもの。たいがい三日で解決するでしょ」

たいがい三日……噺家は平日の昼間が暇で二時間ドラマの再放送に詳しい。ゆえに筋書き傾向を的確に捉えているが、〝それは言わない約束〟じゃなかろうか。

「俺は？」

「自分で考えなさいよ。信州へ行くとか上州へ行くとか、皇居に参内するとかね。秩父の史跡巡りも役に立つんじゃない？　とりあえず、半分解決すればいいわよ」

ニベもなく言い放つ。

「おいおい、報酬どうすんだよ。金じゃなくて羽織だぜ、半分にできないだろ」

「どうして？　一枚ずつが、一枚だけ、になるだけ、でしょ」

「それはどっちが……」

訊くのは無駄、そう僕の学習能力が囁く。（解決したほうの担当に決まってるでしょ、と言われるのは決まってるでしょ）、と。

「姉さん、温泉も入れますか？」

「もちりん。いま伊豆と蚕と温泉で検索したの。長岡温泉に繭玉祭りってのがあるんだって。宿泊は経費で落とせるでしょ。海の幸と山の幸、どっちがいい？」

すでに女子旅モード、いや、もちりんなんぞと言うようでは、女流噺家旅モード全開だ。

「お兄ちゃん、さくらさんに伝えといてね。お札は発表会の会場に届けます、って」

十一月、『まないた寄席』当日を迎えた。入場無料に加え、それぞれが友人知人に声をかけるから、なまじっかの二ツ目落語会より聴衆は多く、ウケる。

僕は最後に一席やらねばならない。師匠も、講座の責任者として臨席する。アマチュアの方に混じって師匠の前で演じるのは相当なプレッシャーだ。僕に講師をやらせているのは今日のためじゃないかと勘繰ってしまう。

仲入りを見計らい楽屋に未也子がきた。

「ずいぶん入ってるわね」

師匠に挨拶を済ませると僕に言う。

「うん。消りたいよ」

出演者と応援団でロビーが賑わっている。楽屋にいるのは仲入り明けが出番(クイツキと称する)の、さくらさんと僕らの四人。未也子が「紹介して」と僕の腕をつつく。

「さくらさん、出番前にすいません。いいですか？」

「ええ。喋ってたほうが緊張しなくていいや」

「そうですね。直前にはさらわないほうがいいって言いますよ」

師匠が具体的な理由を告げずアドバイスする。高座の怖さを必要以上に意識させない。

「はあ、プロでもそうですか。では、お邪魔します」

さくらさんが僕らの前に坐った。

「さくらさん、妹で姉弟子です」

「はじめまして。小右女です」

「ああ、こちらが……。相互楼さくらと申します」

「この度は大事なものをお借りしまして。お蔭さまで、大変勉強になりました」

「こちらこそ、すっかりお世話になっちまって。師匠には仕立屋さん紹介していただいたうえに半襟を頂戴しちゃたし、兄さんにはいい反物見つけてもらいました」

「お似合いになりますよ。生地が厚いので体格がいい方じゃないと着こなせません。ウチの兄では着物に負けてしまいます」

勝手に謙遜するんじゃない。

「へへ、ありがとうございます。やっぱり本職は見る目が違う、あの草臥れた着物がいいもんだってのも、自分じゃ一生わからなかった。あの世へ行って、またおふくろに怒られちまう」

「アハハ、その話も伺いました。長襦袢の着心地はいかがですか？」

「さっき師匠や兄さんにも申し上げたんですがね、古びて生地が薄くなってるせいか、身体に吸い付いて楽なんです」

「それは、お母さんが着てたからじゃないでしょうか？」

「いやあ、おふくろは、背は俺の肩にも届かねえし、そのくせ横幅はあって、俺とは全然体格が違いました」

「骨格や筋肉の付き方が似てるんだと思います。だって、その人から生まれたんですもの」

「……んん、そういう見方もできますかねぇ」

「あ、お返ししなくちゃ」

末也子がバッグからクリアファイルに挟んだお札を出してさくらさんに渡すと、携帯を開き、画面を選び始めた。

「師匠、電話でお話しした、例の馬頭観音の写真です」

しゃがんで石像と並び、能天気にピースサインをしている。ウチの師匠は旧型の携帯を後生大事に使っているため、画像が見られない。

「ペリー艦隊来航記念碑のすぐ側で見つけやすかったですよ。近くのお寺に、同じ様式がもう一体ありました。師匠が仰ってた観音像の地域性でしょうか」

「ほう。ああ、これなら赤ん坊だとわかるな」

風雨に晒されない場所なのか、観音さまの怖い顔も、赤ん坊の着衣のしわも、くっきり写っている。確かにパソコンで見た石仏だ。僕は師匠に「すいません」と頭を下げ、画面の向きを変え、さくらさんの前に置いた。

「大変でしたねえ、遠くまで。ははあ、なるほど……わざわざ行ってもらって恐縮なんですが、おふくろの実家は下田ほど名の知れた街じゃないんですよ。もっと上の、それも山の中」

未也子の笑が消えた。

「違っていたら、ごめんなさい。それは函南町じゃありませんか？」

「ええっ、なんで……どうして知ってるんですか？　兄さんにも話してないはず……」

僕も聞いた記憶はない。

「この写真を撮ったあと、伊豆長岡へ向かう途中で天城の日帰り温泉に寄ったんです。駐車場の隅に子安神社の案内板があり、名前が気になり行ってみると、屋根も壁も赤茶けたトタン張りの小さな古い建物でした。中は座敷になっていて、神社なのに、その写真みたいな仏像が並んでいました。どうやら集会場に使っていたようです」

ん？　何の話だ？　未也子が尚も続ける。

「昔の女性は、子安講の名目で集まり、お菓子を食べてお喋りするのが、なによりの楽しみだったと聞いたことがあります。その施設だったのかも知れません。半日過ごしたら自宅へ帰り、家族のため台所に立ったのでしょう。有難い、って言葉の意味を考えました。伊豆の踊子に綴られた純情や天城越えに歌われた情念とは無縁の、小説にも演歌にもならない普通の暮らしに根差した、やすらぎの場なんだと感じました」

「……おこやすこ、か」

さくらさんが呟き、うんうんと頷いた。

「夜、ホテルでパソコンを借り、検索してみました。子安講は、宗教色がなくても拝む対象を祀ったのだそうです。石像が、女性を日々の労働から解き放つ時間を作ります。ただし子安観音だと、キリシタンに疑われる怖れがあった……伊豆は外国との窓口でしたし、観音さまは女性顔が多いですからマリア像と思われたのでしょう。仏像なのに名前を神社としたのはそのためじゃないかと書いた記事がありました。いかつい顔の馬頭観音に赤ん坊を抱かせたのは同じ理由だったのかも知れません。後輩女子として興味が湧き検索を続けますと、その仮説を裏付けるように、十字架を隠し彫りしたマリア観音が紹介されていました。現存するマリア観音は全国的に珍しいそうで、拝観したくなり所蔵寺院がある函南町を調べてみると……」

未也子が、師匠と僕を交互に見た。師匠が、目で先を促す。

「偶然、天蚕という地名を見つけたんです。天蚕堂は略称でも捻った命名でもなく、天蚕地区の公会堂なのではないか、天城の子安神社みたいな集会場ではないか、進むのを諦めた道の先に灯りが点きました。次の日図書館へ行き、三島市に製糸工場があって隣の函南街も養蚕が盛んだったのを知ります。天蚕地区は実業家が天蚕養殖を始めた場所らしく、住所としては残っていません」

秩父と同じく、地元名士が殖産興業の一環として組み入れたのだろう。

「……新しくできた集落ならお寺はなく、代わりに石仏を祀った公会堂があっても不思議じゃない、そう考えました。車を返す前に行ってみましたが、熱海へ抜ける道路にかかり変貌していて、天蚕堂は確認できませんでした。でも麓の細い道の脇には、風雨に晒され顔も判別できなくなった石仏が幾つも佇んでいました。その御札に描かれている仏画は、わざとぼかしたわけじゃなく、そのまま写したんです。この辺だと確信して、地元のご年配の方に訊こうと御札を示したら、教えてくれました。これは願掛け札だよ、って」

「願掛け札？」

さくらさんが、顔を上げた。師匠はギュッと口を結んでいる。

「願いをかけ、好きな物や暮らしに必要な物を断つと誓っていただく護符です。……さくらさんに、お尋ねします」

「何でしょ？」

「お兄さんとは、幾つ違いですか？」

「二つです」

「お姉さんは十五歳上だと伺いました」

「ええ」

「失礼ですが、お姉さんはお幾つで結婚されたのでしょうか？」

「ん？　……二十歳だな。俺は五つで、七五三の背広をひと月早く着せてもらって、うかれてたそうですよ」

「最後にもう一つ。さくらさん、その頃に大きな病気をしませんでしたか？」

「……した、しました。幼稚園だったから、その翌年か。原因不明の高熱がしばらく下がらなくて大騒ぎしたらしいや」

「やはりそうですか。……その時、お母さんは断ち物をしたんだと思います」

「断ち物てえと、茶断ちとか塩断ちとか？」

……それは千早ふるの一節……

「いえ、絹断ちです。糸を紡ぐ人の中には、蚕の命を奪うと気に病む方もいらしたそうです。若い頃は夢中で考える余裕もなかったでしょうが、心ない人の言葉が年を経て思い出されてもおかしくありません。お母さんは、殺生をした報いが自分に似た息子へ向かうのを怖れた、二度と絹は着ないからこの子を助けてくださいと祈った、それほど病状が重かったんじゃないでしょうか。製糸の街岡谷で、絹断ちを公にはできません。ふるさとへ帰って、蚕の供養と子安講のために祀った観音さまに縋った……具体的にはお堂を管轄するお寺で護符を頂いてきた。幼稚園なら数えの七つ、その歳回りは大病して命を落とす子共が多かったと聞きます」

「七つまでは神のうち、か」

師匠がボソっと口にする。

「お兄さんの入学があって、秋にはお姉さんの結婚とさくらさんの七五三。お母さんの苦労が稔った、その翌年です。前の年が晴れがましかった分、罰があたるんじゃないかと、お母さんは余計に怖くなったのかも知れません。女はみんな着物好きですが、お母さんにとっては、働き詰めだった人生の証であり、誇りでもあります。手元にあれば着たくなる、だから寸法を変えて手放した。一枚だけ残したのは、それが母親、さくらさんのお祖母さんから受け継いだ着物だったからだと思います。商品にならない繭と天蚕を交ぜ、母と娘で何年も一緒につむぎ、一緒に織り上げた着物……素敵な色合いですが、若いお母さんがお祝い事に着るには少し地味だったでしょう、でも孫の七五三を見せてあげたかった。その着物に護符を納めて戒めにした……」

さくらさんの顔に表情がなくなった。

「……へっ、罰でも報いでも、まとめて受けてやるのによォ」

息を止めている間に圧縮されたような口調で言うと、さくらさんは前歯が見えるほど強く下唇を噛んだ。

「推測も入っています。人生の大先輩に失礼しました。お許しください」

さくらさんが目を細め、大きく頭《かぶり》を振った。

気配を感じて振り返ると、部屋の入口でピー夏さんがこちらを窺っている。僕は小さく首を傾げてみせた。

「あのう、そろそろ後半が始まります」

「おお、すまねえ、すまねえ」

さくらさんが座卓の上のティッシュペーパーを乱暴に引き抜くと袂に入れ、正座に改めた。

「それでは、師匠、兄さん、小右女姉さん、勉強させていただきます」

「ご苦労さまです」

三人の声に送られてさくらさんは楽屋を出た。洟をかむ音に出囃子が被る。

「師匠、馬頭観音は特定できませんでした」

「惜しかったな。そんでも、おもしれえ話を聞かせてもらったよ。なあ、右女太」

「はい」

拍手が鳴った。僕は立ち上がり、モニターのチャンネルを合わせた。

「こんちはぁ。大家さんいるかい？　大家さぁん」

「騒々しいと思ったら、八か。何の用だ？」

「大家さん、あれだよ、あれ、三下り半。あれを二本ばかり書いてくんな」

「三下り半を二本？　誰にやるんだい？」

「かかぁですよ」

「そりゃまぁ、離縁状は普通かみさんにやるもんだ。もう一本はどうする？」

「うちの提灯ばばぁにやるんですよ」

「なんだい？　その提灯ばばぁってのは」

「えっ、知りませんか？　しわが横に寄ってるから提灯ばばぁってんですよ。縦に寄ってりゃカラ傘ばばぁで、満遍なく寄ってるのはメロンパンばばぁってんです」

「メロンパンばばぁ？　ばばぁばばぁって、おめえのおっ母さんだろ」

「冗談言っちゃいけねえや、あんな小汚えのが俺のおふくろだなんて縁起でもねえ！」

ウケている。師匠も声に出して笑っている。

「うまいじゃねえか」

「はい。ニンに合ってますね」

「得意ネタにしてる師匠に褒められたら喜ぶでしょう」

「得意ネタじゃねえ。好きなネタだ」

そうだ、もう一度訊いてみよう。

「師匠、やっぱり二十四孝のほうが、子別れよりいい噺だと思いますか？」

「ああ。子別れで倅を押さえつける場面があるだろ。三度の物を二度にしても、おまえにひもじい思いさせたことがあるかい、ってとこな。あれよりこの噺のサゲ、なに言ってんだいあたしが夜っぴいて扇いでたんだよ、のほうが、同じ恩に着せるんでも俺は好きだ」

「息子に負けてない、っていうか、似たもの親子ですよね」

「……トンビが鷹を産むって諺があるけども、トンビはトンビを産めばいいよな？　みにくいアヒルの子だってよ、白鳥になってメデタシメデタシって話じゃねえはずだぜ。カラスなんざ、真っ黒で声もきれいとは言えねえが、やっぱりカラスはカラスの子がかわいいんじゃねえのかね。そんな唄あっただろ」

「はい」

「ウチの一門の右《う》の字は、烏《からす》のウが基でしたよね、師匠」

「おうよ。それを右《みぎ》に変えたんだもの、いくらかでも誰かの助けになりてえもんだ」

未也子が師匠の顔を覗き込む。

「本当は知ってたんじゃないですか？　護符の意味」

「ま、願掛け札だろうってまではな。なぜ馬頭観音なのかがわからなかった。それにしても、金塊を抱いてるってのは、ちょいとクサかったたか」

「そうですね。競馬必勝虎の巻を抱いてる、のほうがよかったかな。伊豆の山道で出会った石仏はそんな佇まいでした」

……どんな石仏だよ……

「でも師匠、今回の探索で、着物にどれほどの手間と想いが織り込まれ、縫い込まれているのか教わりました」

「俺らは、最後にそれを着てお客様の前に出る役だ、心しねえとな。まさか赤ん坊とはなぁ。ふん、御利益の授かりようがねえし、羽織代も取り返せねえや」

「誂えて頂けるんですか？」

「しょうがあるめえ。石像と子安神社と天蚕の地名、それから入学式の謎解きで合わせ一本だ」

「ありがとうございます」

「ありがとうございます」

「おっと、右女太はおあずけ。みんな小右女が解決しちまったんだからな。真打になるのが小右女より五年はあとだろう。もう一度チャンスをやる」

「えー、まじですか」

「当然よ。あ、お兄ちゃん、芥川龍之介の、馬になった母親がムチで打たれる話、ね？」

「うん。何だ？」

「お母さん、と叫んでしまう主人公は芥川自身だったのよ。マリア観音を検索してる時にたまたま出てきたんだけど、芥川は観音像を大切にしてたんだって。旅先の長崎で思わず盗ってきてしまったマリア観音を」

「……心を病んで早逝した母親の俤《おもかげ》をその像に見て、つい手が伸びちまったか……。金を払うと商品になっちまうからな。立派な鷹だと誉めそやされても、トンビの親に会いたかったんだろ」

師匠が遠くを見る目で言った。

「未也子、トンビの兄妹そろって里帰りするか？」

「うん、たまにはいいわね」

客席は相変わらず沸いている。爆笑のままサゲまできた。三人で耳を澄ます。

「おい起きろ、ばばぁ、じゃなかった母上。見てみな、あれだけ酒呑んで寝たってのに、一つも蚊に喰われてねえだろぅ。これだ、これが孝行の徳によって天の感ずるところだ」

僕は感動のあまり言葉を失った。さくらさんの初高座は、大……失敗に終わった。

「なに言ってんだい！　あたしが……あたしが夜っぴいて……」

そこまで喋ると声を詰まらせ、子供みたいに泣き出してしまったのである。

デイジーの恋　―二〇〇七年、春―

入院が決まったら、酒を呑める最後の日にこいと言われていた。師匠に、である。僕は雑居ビルを改築したと思われる古いマンションの階段を昇った。

チャイムを鳴らしてドアをうすく開く。

「おはようございます」

「おお、上がれ」

「失礼します」

玄関に入ると、タダシローが駈けてきた。そうか、今日は月曜日だった。

「タダシロー、久しぶりだな」

頭を撫でてやる。しばし笑顔を見せ、ついてこいとばかりに尻尾を揺らして歩き出す。

師匠はなにやら書き物をしていたようだが、僕が入っていくと椅子ごとぐるっと回り、卓袱台の前に正座した。同じ高さになって嬉しいのか、タダシローが脇にぺったりくっついた。師匠が背中をぽんぽんと叩く。タダシローの目が細くなった。

「コイツがいるしな、ここでもいいだろ?」

「はい。すみません、お気遣いいただいて」

「いやいや。もうすぐ小右女が買い出しから帰ってくる、それまでビールでも飲んでろ。俺は片付けなくちゃならない仕事があるんだ」

師匠はそう言うと椅子に戻った。表情が重い。おそらく、洒行法師という罰当たりなペンネームで週刊誌に連載中の競馬予想コラム『予見人知らず《よみびと》』であろう。昨日もハズレたに違いなく、言い訳を考えるのが大変なのだ。洒行は噺家らしく「洒落で行く」の意。字面は西行《さいぎょう》のもじりで、読みは競馬の反則「斜行《しゃこう》」になっている。

「それでは遠慮なく頂戴します」

「おう」

僕は、冷蔵庫からハートランドの小瓶を出すと栓を抜き、ビアマグを取るついでに隣のタッパーから骨型ガムも一つ取ってタダシローに振ってみせた。目が輝き、迎えに来た時の倍の速さで駆けてくる。僕は住宅用とは思えない（事実そうではなかった）金網の入った強化ガラスのドアを開け、師匠御自慢の、これがあるから選んだと自認しているだだっ広いベランダに出る。タダシローも続いてやってきた。

置きっぱの椅子に腰かける。タダシローがくる日は、今時どこで調達したのか莚が何枚も敷いてある。骨型ガムをタダシローに放り、ビールを注ぐ。首がキュっと窄んでいるので、トクトクトクと鳴る。師匠は、味と、音と、瓶が緑色のせいで明るいうちから飲んでも罪悪感を覚えないため、ハートランドを贔屓にしている。小瓶だとお気に入りのマグにぴったり収まって一本で我慢しやすい、せいもある。

普通の一門ならば、仮にも師匠が仕事（それが、趣味でやっているとしか思えず、且つ全く当たらない競馬予想コラムの執筆であっても）をしている最中に弟子がビールを飲むなんて有り得ないだろう。しかし鳩巣亭一門の場合、これは教えなのだ。僕は師匠に言われ、師匠は大師匠に言われたそうだ。

『言葉通りに取れ。考えてもわからない他人の心を読もうとするな』

タダシローはまだ教えられていないはずだが、遠慮なく出された物を口にする。とても余所の犬とは思えない。もしや三番弟子のつもりか？　弟弟子で強力なライバルの出現となる。

ここらで、説明しておいたほうがいいだろう。

僕は本名が牧村穣《みのる》で芸名が鳩巣亭右女太、噺家だ……落語家と言ってもいい。妹の未也子が大学の落研からプロになろうと入門したのが僕の師匠でもある鳩巣亭右生、妹は小右女を名乗っている。僕は妹の同期である楓家紅枝ちゃんのおだて？　に乗って入門した。立場は妹の弟弟子になり、公の場では「姉さん」と呼ばなくてはならない。

タダシローはまだ鳩巣亭じゃなく、タダシロー・ウェンブリー。師匠行きつけの、僕や妹もお世話になっている美容室『ウェンブリー』の看板犬である。がっちりした太目の柴犬ほどの体格で、耳が大きく足は短い。尻尾を長く突き出し、基本的に茶色で顔は半分白い。いそうでいないヴィジュアルだ。

一昨年、僕らが旅先でささやかな盗難事件に遭遇した際、それを解決したのは、未也子と地元の探偵犬だった。その顛末を聞いた師匠は驚くほど反応した。犬好き焼けぼっ杭に火が点いてしまったのである。一人暮らしでは飼いたくても飼えないと美容室で愚痴をこぼしたところ、「時々お泊りで遊びにくる犬はどうです?」と、マスターに提案された。師匠は理想的と思ったが、床屋政談の延長やら営業トークやら社交辞令やら色々考え相槌を打っていた頃、マスターの奥さんの実家で不幸があり、本当に預かる機会ができた。それ以来、初孫ができた新米じいじ状態となり、月曜の夕方になると誘拐同然の勢いで連れてくる。当……犬も、甘やかしてくれるのがわかっているから喜々としてついてくる。

サッカーファンでイギリス贔屓のマスターは、店舗名をロンドンにあるサッカーの聖地『ウェンブリースタジアム』より採った。還暦目前でグループサウンズ風のロマンスグレー、孫がいるとは思えないほど若々しい。僕はドイツ贔屓ながらサッカーファンだし、師匠は世代が近く、競馬を通じイギリス文化に親近感を持っていて、師弟共に話が合う。

彼の国の元首エリザベス女王は、大の競馬好きで大の愛犬家。マスターは女王と同じ犬種を選んだ。ウェルシュコーギーである。いそうでいないと思っていたタダシローは、巷に数多闊歩しているコーギー（ペンブローク）だったのだ。

ではなぜ見かけない外見だと思ったのか?　原産国イリスで牧畜犬だったコーギーは、牛に踏まれないよう（諸説あり）尻尾がないのに、タダシローは立派なのを付けているのだ。タダシローのように顔が半分白い柄はミスカラー（失礼な表現だね）といって本来コーギーになく、産まれた時点でドッグショーには出せないしペットショップの商品にもならないと、断尾の処置を施されなかった。たまたまその話を聞いたマスターがブリーダーさんを訪ね、ユニークな表情と自然なフォルムを気に入り、即決で看板犬にスカウトしてきたのだった。

マスターが会話の中でもらした「ただ白が多いだけなのになぁ」を聞き、タダシローの名を推薦したのは師匠。マスターは斬新な発想に感動して採用を決めた。師匠の手柄を剥奪して申し訳ないが、斬新ではない。古典落語『元犬』に肖ったのである。

こんな噺だ。

真っ白な犬は人間に生まれ変わると聞いた白い野良犬が、どうせなら今生でなりたいと八幡神社に願掛けし、色白の若者に変身する。出会った隠居さんに名を問われ、

「シロです」

「なにか付かないのかい？」

「ただシロです」

「忠四郎か、いい名前だ」

下らなくて大好きな下りである。落語はこうでなくっちゃいけない。マスターが店舗を構え師匠

が住む界隈は葛飾八幡の御滕元、これも縁に違いない。

チャイムが鳴った。タダシローの大きな耳が向きを変えた。

ドアを開ける音に重なり「ただいま帰りました」と声がする。タダシローが走り出した。速い。

僕を迎える時の倍は速い。骨型ガムと同じ価値を未也子に見出しているのか、はたまた、惣領弟子の小右女姉さんが怖いのか。

「ただいまぁ、タダシロー。あらぁ、そう。待ってたの、エライエライ」

ヨイショ犬め、今の今までガム齧ってたくせに。

「なんだ、お兄ちゃん、もう来てたの。じゃあコレ持って」

今日は俺の壮行会じゃないか！　と憤慨して立ち上がるも、

「重かっただろ」

姉弟子には逆らえない。師匠に聴こえるよう、白々しく大きな声で言う。顔は見えないから愛想笑いまではしない。姉弟子も望んでいない。

「あとでピザが届く」

未也子は僕にレジ袋を渡し、師匠へ挨拶にいく。師匠の財布を預かれるのは惣領弟子の特権なのだ。僕はテーブルの上に品物を並べる。イタリア産ワインの赤、タコのカルパッチョ、ローストビーフ、バゲット、パテ、シュークリーム、木綿豆腐、ゲソ唐。う〜ん、どうみても師匠の払いで自らの好物を買ってきたとしか思えない。かろうじて、あとの二つが師匠の分か。して、主役の僕の分は？

台所に戻ってきた未也子が僕の顔を覗き込んで言う。

「お兄ちゃん、ちゃんとフライドポテトも届くわよ」

読み切られていた。

ピザの到着と師匠の脱稿がほぼ同時だった。やっと三人と一匹の、いや、右生一門総出の小パーティーが始まる。

「それでは、右女太の病院での健闘と無事な帰還を祈って」

「ありがとうございます」

「乾杯！」

コップをぶつける。パチパチパチパチ。やがて未也子が「ビールは苦いのよね」とワインを開け、師匠は燗酒にシフトし、僕はうだうだビールを呑み続けるだろう。醸造酒系好みの一門は、呑み会の進行も型の文化に昇華しつつあった。

最初が未也子のお酌だったので、次は僕が師匠に注ぐ。食事のお供はサッポロラガー大瓶、赤星である。幼い頃に見た三船敏郎のＣＭが忘れられない、と師匠は言う。噺家の場合、男は黙って……いては仕事にならないんだけどな。

「あとは手酌にしよう」

これまた型通りの台詞を口にして、師匠が半分ほどコップを空けた。

「入院はいつなんだ？」

「明後日です」

「明後日？　二日前に酒飲んでもいいのか？」

「問題ないようです」

「でもさ、お兄ちゃんの場合、蓄積分があるわよね」

「大丈夫だろ、力仕事をするわけじゃなし」

「違うわよ、お兄ちゃんじゃなくて、相手のほうが心配なのよ」

「そりゃそうだな。右女太はピンピンしてんだから」

今日のパーティーの主旨は、僕の入院壮行会である。ただし僕はすこぶる健康だ。入院するのは、骨髄移植のため、正確には骨髄提供のためなのだった。

僕がカナダで観光ガイドをやっていた頃、母親が白内障の手術をした。短時間で無事に済んだのだが、休暇を兼ね帰国し病院を訪ねた僕は衝撃を受けた。身内がベッドの上にいるのは、こんなにも不憫なものかと。

痛みもなく、ほぼ治るのがわかっている患者でもこの有様だ。これが難病で、命に関わるとしたらどれほど苦しくせつないだろう……。その病院のロビーに骨髄バンクのチラシがあり、ほだされ気味に登録したのだった。

そのあと僕は里心がついてカナダの就労ビザを捨て、日本へ帰ってきて落語界に転身する。海外へ渡るより無茶な、無謀な、無鉄砲な、無分別な決断をしてしまう。噺家になったあとは仕来りに悩み、芸に悩み、その何倍も経済的に悩み、骨髄バンクなどすっかり忘れていた。それが、柿の木同様に足かけ八年で結実したのである。

柿といえば、お知らせは柿色の封筒でやってきた。それも僕が二ツ目に昇進した日の日付で、である。内容は『あなたの骨髄とHLAタイプが合致する患者さんがいらっしゃいます。つきましては、今でも骨髄を提供する意志はありますか？』であった。幸か不幸か独り身の僕は、万が一の時に困る家族もおらず、『ある』と返信した。

骨髄バンクは、語呂が似ているせいか、アイバンクと混同される。

「俺が死んだ時にゃあよぉ、構わねえから好きなように使ってくんねえ」

登録説明会で安っぽい江戸っ子調の啖呵を切る奴が時々いるようだ。こういうのはアヤシイ。生きている間に針を刺して採るんです、と聞いた瞬間「え、そうなんですか」と標準語に戻り、麻酔事故の可能性を聞いた途端、「ちょっと怖いかも」とオネエ言葉になったりする。登録断念ならまだしも、検査依頼が来てからも江戸っ子をやっていて、結局家族の同意を得られなかったと言い出して辞退する例も仄聞する。

移植寸前にそうなると患者さんの命に関わってしまう。ならばいっそ手前で断念してもらいたいのであろう、一次審査（検査より審査に近い）の面接時に、「辞退してもいいんですよ」と言われる。担当医師と担当コーディネーターが、「この人達は僕に諦めさせたいのではないか？」と疑うほど、何度も言う。二次審査も同様である。

「採取には少々太い針を使用します。そうですね、だいたいボールペンくらい」

「えっ！　ボールペン？」

「の、芯です」

「もう先生っ、おどかしちゃイヤ」

そんなやり取り（実話だ）が繰り広げられる。

それらを次々にかいくぐり、分身の血液のほうも厳しい審査を抜け、やっとドナーに任命される。

「ドナーに断られた」という非難めいたコメントがネット上に氾濫しているけれど、ドナー候補の健康問題か血液の成分問題で不可となる事例が多いのだ。

そもそも、なぜ提供できなくなったかは、患者さんどころか担当医師にも（建前では）知らされないはずだ。ドナーになるのは、普通に健康体でいるのは、存外に難しいのである。尚、断る時にプレッシャーを感じないよう、候補が何人いるかは教えてくれない。候補は一人で自分が降りたら患者さんは死んじゃうかも、となれば辞退しにくいのが人情だ。しかし、それで無理して直前に「ゴメンナサイ、やっぱり……」では、もっと困る。時間と手間をかけるのも、よく耳にする「命の重さ」の質感を伝えるためには、書物より有効だろう。

「ところで、提供する相手はどんな人なんだ」

「上方に住む二十代の男性だそうです」

「それしか教えてくれないのか？」

「はい。性別や年代も、聞いたってしょうがないんで断ったんです。そしたら、わかっちゃうと思うんですよねって」

「わかっちゃう？」

「はい。千二百ｃｃですから、と」

「なにが千二百ｃｃなんだ？」

「採取する骨髄の量です」

「千二百も抜くの？」

　未也子が抜かれる当人みたいに眉を顰める。

「ああ。相手の体格がいいんだな。推定八十キロ。それなら成人の男性ですね、ってなるだろ？　で、近畿地方在住の二十代の方ですと教えてくれたんだよ」

「そんなに抜いて大丈夫なのか？」

「自分の血を八百ｃｃ採ってありますんで」

「自己輸血か」

「他の人の血液入れてもらったほうがいいんじゃない？　ついでに総入れ換えしてさ」

「そうするか、死にそうな名人探して血を抜いといて……おまえねぇ」

内輪でノリツッコミをやってしまう噺家の業が悲しい。

「千二百も採るとなると、小柄な人じゃやドナーのほうが危なくないか？」

「ですね。輸血するったって制約はあるでしょうね。そういえば、師匠、輸血用の血は二回に分けて採ったんですけど、その間隔が中五日だったんですよ」

「プロ野球のピッチャー並みだな」

「そうなんです。献血だと二ヶ月くらいできませんでしょ。やっぱり大事をとって、長めにしてあるんですね」

「食品の賞味期限の逆か」

「中五日で四百ずつ抜いて、何ともなかったの？」

未也子が赤ワインを啜りながら訊く。よせ、その形と色合いは。次は俺の血を吸われそうだ。

「大丈夫。ただ、俺は現代人の性《さが》を感じたね」

「大仰ね。なによ、現代人の性って」

「いや、それがな、二回目の採血終えて駅に行くと、ちょうど電車が着いてたんだよ。俺は走って飛び込んじまった。クラクラっとしてね。ああ、用事もないのに……、急がなくてもよかったなぁ、現代人は悲しいなぁ、ってさ」

「下らない」

「いや、わからなくはない。乗りたくなるよ」

「そうですよね」

「そうかなぁ」

「とにかく、縁の深い相手の役に立つわけだ」

「はい。HLA型が同じなら、先祖のどこかで繋がっているんだろうと思います」

「お兄ちゃんと同じHLAの人がいるのね」

「おまえにも近いはずだ」

「まあ、そうよね……」

心なしか未也子の表情が曇る。この無礼者！

「そういやぁ、女はその型の遠さ加減がわかるらしいぞ」

「あ、知ってます。Tシャツの実験ですよね、師匠」

「ああ」

「なんです？　Ｔシャツの実験て？」

「フフッ、女の優越性を証明する実験よ。あのね、若い男の子に同じＴシャツを三日間着せておいてね、女の子がその匂いを好ましい順に並べるとね、ＨＬＡの遠い順になるんだって。ですよね？　師匠」

「そうだったな」

「師匠、それは何の役に立つんですか？」

未也子が蔑みの眼差しで僕を見る。

「お兄ちゃん、わかんないの？　なるべく血の遠い相手を選んで、丈夫な子供を産もうとする生き物の本能よ」

「へー、雑種強勢か」

「まあ、そんなとこね」

「野生動物は、父親や兄弟を知らないのがいるだろ？　それらを避けるためじゃないのか？」

「産む立場のほうが、生き物として完成度が高いのよ」

「待てよ、じゃあ、おまえは俺のシャツを嫌な匂いだと思うわけだ？」

「そうなるわね」

「男にはわかんないのか？」

「右女太、我々はダメらしい。それで、相手の数を増やせるだけ増やそうって奴が出てくるんだな」

「男はニブイのよ」

「してみると、一時期さ、父親の下着が臭いから割りばしでつまむって話があっただろ？　あれは満更ひどい娘でもなかったんだな」

「それはやっぱり失礼なんじゃない？　師匠どう思います？」

「原始的な臭覚が残っているのは喜ばしいだろう。その娘の問題は、臭いと思う感覚じゃなくて、そうしか表現できなかったボキャブラリーと、それを見える形にしてしまうデリカシーの欠如だな。

……本当は」

師匠が言葉を切り、間をとる。

「臭覚と言っても、匂いではないんだぜ。ほら、よくフェロモンって聞くだろ。あれは臭覚で感知するそうだが、無臭なんだと」

「……？……」

「……？……」

「昔、シニョリーナという馬がいてな……」

出た！　師匠の競馬喩え話。

「血統もいいし競走成績も良かった。引退後もオーナーは期待して、次々に名馬と交配したんだが、子供には恵まれなかった。競走成績以前に、丈夫な仔馬がなかなか生まれない。馬は毎年出産するのに、十二年で成長したのが一頭だから、なにか原因があったんだろう。それがある年、牧場に居た二流の種馬と恋に落ちた。臭覚が囁いたのかも知れん。ちょうどその年は狙っていた名馬の予約が取れなかったせいもあって、その馬の柵に入れてみた。……普通は確実に受胎するよう人間が介助するものなんだ」

「で、どうなったんですか？」

「見事に御懐妊、元気な女の子が生まれた。話はここからだ。シニョリネッタと名付けられたその娘も、母親に似ず走るのは遅かった。それでもイタリア出身のオーナーが記念にしたかったのか、本場イギリスのダービーに出走した。そこまで八戦一勝あとは全て着外、泡沫候補って奴だ。それがそれが、なんとなんと、突然に覚醒し、紅一点の身で優勝しちまった。どうだ！」

「……できすぎですね」

「師匠、夢をこわすようで申し訳ないのですが、二流の馬が種馬になれるんですか？」

「なれるんだよ。厳密には、種馬でいられるんだ。アテ馬といって発情の度合いを見るために一頭飼っておく。対面させてみて、牝馬の反応がよければ本命のいる牧場へ連れていく」

「男としては辛い役目ですねぇ」

「男だけじゃない」

「え？」

「さっき言った通り、予約が取れないほど人気のある種馬もいる。モテ男君は疲れてるし飽きてるから、好みのタイプじゃないとソノ気にならない」

「贅沢ですね」

「まったくだ……で、好みの、例えば色白の牝馬を用意して、ソノ気になったら取り換える。ちなみに、小右女の本名と同じミヤコは芦毛、色白だ。ご指名があったかもな」

「どっちの女の子もプライド傷つくでしょうね、可哀相……」

「師匠、アテ馬はそれで御役御免ですか？」

「牝のアテ馬は、そのあとで予定していた相手のもとへ行くんだろうなぁ。牡のアテ馬はノーチャンスだ」

「草食系じゃないと務まらないわね」

「……馬はたいがい草食だけどな」

「この場合は逆玉ですか」

「うん。まさに逆で、子の七光りだ。人間が考えに考えて、不粋にも性交渉の時まで介在して不受胎になったりするのにだよ、柵の中へ一緒に入れておく自然交配で、それも馬自身が選んだ相手の子がダービーを勝つ。人智なんてのはたいしたもんじゃないな」

「恋の力ですね、師匠」

未也子も突然覚醒している。

「好きな相手の子供を産みたい女子スピリットが宿ったんですよ」

「好きな相手の子を産みたいのか、自分の子の父親に相応しい相手を好きになるのか……俺は後者じゃないかと思うね。子供ができると夫婦の会話がなくなる原因はそこだ。なんたって小説や映画や連ドラで学習し、星座占いに血液型占い、風水にパワースポット、神頼みまで総動員して一番遠い相手を選んでるんだもの、趣味や感性が合わないのが自然」

「なるほど」

「気分的に楽になる夫婦が、たくさんいそうですね」

「だろ？　女は望まれて結婚したほうが幸せになれるってのは理に適ってるよ。男は遠い相手を求めないし、見極める能力もない。単純に暮らしやすい人を探すからな。恋する女は皆、寒さに震えるヤマアラシだね。温まりたいけど寄り添えば痛い目に合う。ま、人間にゃあ大問題だが馬には関係ねえ。でな、右女太、その翌年にダービーを勝ったのが、おまえの本名と同じミノルだよ。そしてミノルの父親こそ、予約できなかった人気種牡馬なんだ。他人とは思えないだろ」

いや、思える。まったく関連性が感じられない。ウチの親父はいつでも予約が取れるだろうし、オファーは来ない。なぜ師匠は、競馬になると論理性を欠くのであろうか？

「僕の名前はともかく、相性のいい人に選んでもらうためには、あまり清潔にしないほうがいいんでしょうかね」

「お兄ちゃん、それゼッタイ違うと思う」

「入院中は風呂入れないんで、明日は入念に洗っときます」

「昼はなにやるんだ？」

「べつに……これといって……」

「じゃあ、今晩タダシロー連れてくか？　ヒマだろ。夕方まで遊んでもらえ。もしもの時は見納めになるんだし」

「はあ。そうですねぇ（サラっと怖い台詞を口にするなぁ）」

自分の名に反応したタダシローが僕の顔を見た。大きな耳を師匠にいじられ笑っている。犬は人間の言葉を読む。早くも僕となんらかの関係ができたのを察した目だ。三番弟子を自認し始めて、師匠が煙ったくなったのか？　いくら気さくでも師匠は師匠だ。わかるぞ。

「はい、そうします。下見がてら里見公園でも行ってきます」

「おお、病院は県立付属だったか。じゃあ、あそこへ連れてってやれ。公園の奥から河原へ下りた、大きな木とベンチがある広場」

「はいはい、エアコンのＣＭに使えそうな」

「そう。あの前に原っぱと藪があるだろ？　コイツが喜ぶんだよ。犬仲間も来るしな。俺もちょくちょく連れてくんだ」

「了解です。行ってみます」

コーギーがそうなのか、それとも個性なのか、僕はタダシローの吠える声を聴いたことがない。

翌朝も、枕元で鼻息と足音がするのみだった。

一食分もらってきたドッグフードを食べさせ、見た目はドッグフードと大差ないシリアルで自分の朝食を済ませ、早々に散歩へ繰り出した。

まず江戸川の堤防に出る。対岸は東京だ。天気がいい日は、ビル群の奥に富士山が見える。流れを遡って進むと、江戸じゃないのに歌川広重の『名所江戸百景』に選ばれた国府台（鴻の台）、現在の里見公園に着く。公園を抜けた松戸街道沿いに建っているのが、入院予定の県立医科大学付属病院だ。この界隈は軍事施設が集まっていたせいでまとまった土地が残り、学校と病院が多い。

遊歩道がいったん切れて、車道と合流する。右側の細い階段を昇っていくと公園で、左側の宝塚歌劇場を彷彿させる広い階段を降りて行くと江戸川だ。非常時に船舶を横付けするつもりで階段にしたのだろうが、平時は釣り人たちが竿を並べている。時々、避難用とは思えない船が横付けされる。競技用のボートで、釣り人とは共存できない。里見公園界隈の場所取りは、花見シーズンに限らないようだ。

今日はボートチームが勝ったとみえ、白い船体が打ち上げられた巨大なサヨリ状態で並んでいた。「千葉県立矢切女子高校ボート部」と書いてある。

合流した道はまた車道と遊歩道に分かれ、ほどなく松戸市に入るのだが、そこは歌の舞台となって一躍名を売った矢切だ。手漕ぎの船には縁がある土地なのだった。

掛け声が聴こえ、川面を幾つものボートが通り過ぎていく。たまにテレビで見かける大学対抗レガッタに比べると短い。ひたすら漕ぎ続ける四人の前に、一人が逆向きで坐っている。舵取り担当の……コックスと言ったっけ？ 声の主はこの子か。

僕は公園に登らずタカラジェンヌにもならず真っすぐ進み、師匠お薦めのベンチに腰を下ろした。平日の午前中は原っぱが貸し切り状態だ。タダシローのリードを外してやると、喜び勇んで川岸の草の中へ入っていく。犬を放し、通行人も交通事故も気にしなくていい場所はなかなかない。

丈の低い草の上をタダシローの尻尾がゆらゆら泳いでいき、藪へ消えた。人も犬も、野生を取り戻す時間は稀少で貴重、飽きて出てくるまで待つとしよう。

「あっ、いたいた」

思いがけず離れた場所で声がした。カーブした遊歩道を隠す立木の蔭から、陽射し除けの帽子を被った女性が二人歩いてくる。手にそれぞれリードを持ち、白い小さな犬とそれより二回り大きい茶色の犬、一員になったタダシローがやってくる。僕は、「すいませ〜ん」と叫び速足で近付くと、タダシローをリードに結んだ。

「すいません、誰もいなかったもんですから」

改めて頭を下げる。

「いえ構いません。タダシローくんですよね」

コイツめ、俺より顔が広いとは生意気だ。

「はい、ご存じですか？」

「ええ、ここで時々。いつもは作務衣を着た方がご一緒で」

師匠だ。

「今日はピンチヒッターなんです」

「そうでしたか。タダシローくん、いるかなぁって噂してたんです。よかったねぇ」

年下に見える女性が、連れている二頭の犬に話しかける。僕と目が合ったもう一人の女性が会釈をした。

「あ、こっちがマルチーズのマルちゃんで、あの子がコーギーのタミーです」

自分の名を聞いて、二頭が顔を向けた。マルちゃんは舌が出たままだ。

「女の子ですか?」

「はい。両方ともタダシロークンのガールフレンド、だよね?」

マルちゃんは早くも遊んでもらいたそうに足をバタバタし始めた。活発な性格のようだ。タミーも表情は明るいが、大人しそうにじっとしている。そうか、おてんばなまるちゃんの友達と言えば穏やかなたまちゃん、それでタミーか。息の長いアニメは影響を受ける世代が広い。『友蔵心の俳句』じゃなくて『タミー心のポエム』だな。

我々三人と三頭はベンチへ向かった。女性二人に座ってもらい、僕はしゃがんでマルちゃんとタミーを交互に撫で、会話を続ける。

「ここはいいですよね。あ、私は田岡と申します。マルちゃんママと呼ばれてます」

「斉藤です。タミーママです」

「牧村です」

タダシローが盛んにタミーの匂いを嗅いでいる。

「こら、タダシロー、よしなさい。初対面じゃないんだろ、嫌われるぞ」

「アハハ、いいよね、タミー。マルちゃんは、人間にチヤホヤされるほうが好きかな」

「タミーは人見知りも犬見知りもするのに、タダシローくんとは最初からうちとけて……同じ犬種だからでしょうか」

「大きさが近いのは、関係あるかも知れませんね」

「タダシローくんはいつも火曜日にいますよね？　お仕事の関係かしら」

「そうです。いつもこうやってお話を？」

「いえ、いつもの方はご挨拶するくらいで。いい人そうですけど、年上だと話しかけづらくて。堅そうな感じもしますし」

「ああ、ぱっと見はね。実際は気さくすぎるほど気さくですよ」

「ウチの娘も言ってました。おもしろい人だよって。ここへタミーを連れてきた時にお会いしたそうで、練習も見にきてくださった……あ、すぐそこで高校のボート部が練習しておりまして、中に娘がいるんです。斉藤麻緒と申します」

「そうでしたか。今度訊いてみます」

師匠に女子高生の友人がいるとは初耳、なかなかやるな。ボートに興味があるのも知らなかった……競馬から競艇に宗旨替えするつもりだろうか。

「お二方も火曜日がお休みですか？」

「曜日が決まってない不規則勤務です」

「私は専業主婦。タミーと私の運動不足解消のため、田岡さんにお付き合い頂いてます」

「いえいえ、ここはマルちゃんが好きなんで、こっちがお願いしているようなものです。私は矢切女子高校のＯＧですし。ウチのボート部は強くって、ＯＧの誇りです」

「強豪校だったんだ」

「娘が自慢してます、伝統もあるし。通称、矢切の渡し部、って呼ばれてるそうです」

「アハハ、名前も伝統がありますね。じゃあ近くにお住まいで？」

「はい。二人とも矢切駅のほう。いつも公園を抜けて帰るんですよ」

ボートの練習を見に行く二人と別れ、名残り惜し気に未練タラタラのタダシローを引きずるようにして、僕は里見公園への階段を登った。

バーベキュー広場を左手に進み、バラ園を過ぎ、門を出て桜並木を抜ける。街道にぶつかった正面が、県立医科大学付属病院だ。

白い壁の向こうで何千もの人と感情が動いている。また、僕の知らないどこかの町の病院では、一人の青年が明後日の移植に備えている。治療の労苦は察しようがない。無事に今晩を過ごし、明日この病院に入るのが僕の使命であろう。

急に黙りこくった僕を、タダシローが見上げていた。

翌日の入院から退院までは、特筆すべき事柄もない。強いて挙げるなら、プリンを持った未也子が病室にやってきて、酸素マスクに加え右手の輸血に左手の点滴、下腹部の尿道カテーテルと三本の管に繋がれている僕を見て絶句した。採取当日は絶食なので、カロリー補給のため「プリンならいいですよ」と担当医に聞き、頼んだのである。

「お兄ちゃん」

未也子がめったにしない神妙な顔で言った。

「なんだ？」

酸素マスクをずらし、弱々しく答えてみる。

「その様子じゃ、プリン三つも食べられなそうね」

「………」

「一つもらっていい？」

脱力して声も出せず、小さく首肯する。

「お兄ちゃん、絶対に譲れないのは何味？」

この期に及んで、この状態で、プリンへの拘りや執着はない。今度は首を横にふる。

「プレーンとコーヒーとヨーグルトがあるのよね。……ヨーグルトにしようかな、一番ダイエットによさそうだし」

食わないのが、一番ダイエットによさそうと思うぞ。

「……でもエライよ、お兄ちゃん」

「偉くはないさ。明日は我が身かも、だろ」

「そうか、健康保険と同じか。うん、そうなるのが理想よね」

「知ってるか？　ドナーとダンナは語源が同じなんだとさ」

「へ～、じゃあさ、お兄ちゃん、お旦になったんだ」

お旦の旦は旦那衆の旦、所謂ご贔屓さん。角界で言うタニマチを指す。

「元々は施す者っていう意味らしい。臓器提供はそうかも知れないが、骨髄提供はお互い様、ドナーじゃなくてメンバーだ、社会のな」

「あら、入院して人間ができてきたわね」

僕はプリン一個で、傷口のガーゼを取り換えてくれる私設看護師を得たのだった。

念のため申し添えておく。プリンは未也子の奢りではなく、支給された雑費から出ている。バンクができた当初、骨髄提供は多額の謝礼が動くとの噂が流れた。ガセネタだ。いただけるのは雑費五千円（支出は一円もない）で、T字帯と呼ばれる医療用の下着や、病室のテレビカードに使用する。残りがプリンに化けたのだ。

ささやかな出来事は、退院と同時に起きた。手続きを代行してくれた担当コーディネーターさんに、「ありがとうございました。お大事にされてください」と言われ、「こちらこそ、お世話になりました」と返して回れ右した僕の前に、女性が一人立ったのである。

「お疲れ様でした」

歳の頃なら四十でこぼこ、穏やかだが芯の強そうな目にキリっと結ばれた口、髪を後ろで結わえている。どこかで会った気がする、それも最近。

「わかりませんか？　そうですよね……田岡です」

「田岡さん？」

「マルちゃんママです」

「ああ、あの時の。すいません、僕、人の顔を憶えるの苦手なもんで」

「いえいえ、お気になさらず。……あのう、このあとご予定は？」

「ありません」

「じゃあ、お時間お借りしてよろしいですか……」

我々は中庭のベンチに移動した。

「すいません。僕は本当に人の顔を憶えられなくて……軽度の障碍かと思っています」

正直に言った。

「ブラッド・ピットと同じでしょうか」

「えっ、ブラピですか？」

「はい。トム・クルーズは一部の文字や文章が理解できないと聞きます。秀でた才能のある人は、その代わりに不足してる部分があるんでしょう」

「そうでしたか、ブラッド・ピットにトム・クルーズ……」

この人はいい人だ。

「ありがとうございます。急に楽になりました」

「よかったです。……実はお伺いしたいことがございまして」

「はい、何でしょう？」

「その前に、この度は骨髄提供ありがとうございました。私、ここの職員なんです。採血室に行かれるのを、お見かけしました」

不規則な勤務体系で里見公園を散歩コースにしているのも納得である。大規模な病院だ、驚くほどの偶然ではあるまい。

「小児病棟のタグを付けていらっしゃったので気が付きました」

バンクと病院の都合で、僕は小児科に入院したのだ。

「三十過ぎて小児病棟のタグ付けてる奴は、あまりいないでしょうねえ」

「はい。骨髄ドナーの落語家さんでいらっしゃるそうですね。あ、申し訳ありません、小児科にいる友人が話してましてて……」

「構いません、僕が広めてくださいと言ったんです。鳩巣亭右女太と申します」

「もしや、あの作務衣の方も落語家さんですか？」

「ええ。僕の師匠で、鳩巣亭右生と言います。師匠も隠すつもりはないんじゃやないかな」

「そうでしたか。それで、お尋ねしたいのはですね……」

要約すると、田岡さんは保護犬の里親探しボランティアをしていて、定期的に譲渡会を開催するのだが、集客状況が思わしくない。で、そういった会に出演してもらうのは可能だろうか。骨髄バンクの活動に参加されている人なら、ある程度ＮＰＯなども理解しているのではないかと相談してみた、である。

「やみくもに人数を集めるべきじゃないのはもちろんです。でも、分母を大きくしなくては出会いも生まれませんし、一度会ってふれ合ってもらえば、保護犬のイメージも変わると信じています。マルちゃんもタミーもその中の一頭でした」

「へえ。血統書付きの純血種だと思ってました」

「それはそうなんです。今、都市部では純血種の保護犬のほうが多いくらいで……。無理をした繁殖で股関節や噛み合わせに障碍が出る子もいますし、一時の流行で購入し飼い切れなくなったりして連絡がきます。しかし譲渡会の場合は、雑種でも子犬に里親希望が集中するんです」

「そうかも知れませんねぇ」

「気付かれたでしょうが、マルちゃんは舌が出たままになっています。珍しい症状ではないですが、やはり避けられがちです。年齢の問題もあって、なかなか里親さんが見つかりません。名前を付けると愛情と責任が芽生えますから、預かっている間は、マルチーズのマルちゃん、ラブラドールのラブちゃん、プードルのプーちゃんなど、仮の名前で呼んでいるんです。その期間が長くなって、マルちゃんは、ちゃんまでが自分の名前だと思ってますね」

「タミーは？」

「タミーはブリーダーさんにいました。それが、二度死産が続いて発情がこなくなったようです。性格が穏やかなので知人宅にもらわれたのですが、転勤で犬が飼えなくなったと、ウチの団体にやってきました。譲渡会で斉藤さんのお嬢さん、麻緒ちゃんが気にいってくれて……以来、保護活動にも参加されています」

「わかりました。落語会、考えてみましょう。失礼ですが、ご予算も潤沢ではなかろうと思います。国がバックについてる骨髄バンクも楽じゃないと伺いました」

「仰る通りです。それで、お一人ならどうにかなるかな、と」

「わかります。ただ、落語は、一席では面白さが中々伝わらないものなんですよ。……うん、そうだ。アマチュアの人達の寄席を開いてはいかがでしょう。出演者の友人知人方が集まって、にぎやかになると思います」

「アマチュアの方？その場合、出演料は？」

「交通費程度でしょうかね。我々は、業界が何百年と守ってきた仕組みや慣習を壊しちゃうんで無料じゃできないんです。でも社会的な活動ですし、個人として司会や前説やるのは問題ありません。お手伝いさせてください」

「ありがとうございます。助かります」

「犬が出てくる落語もあるんですよ。兄弟の犬が、もらわれていった家の違いで人生ならぬ犬生が変わる噺も。譲渡会には合いそうですよね」

「へえ〜。では、相談してご連絡します。アドレス教えて頂いてもよろしいですか」

「はい」

「一人分は工面して、プロにも一席やってもらえるようにします」

「それはそれは。お気遣い、恐縮です」

情けは人のためならずだ。ボランティア団体に通常の料金は期待できないだろうが、社会と繋がっている実感は得難い。僕は疼く腰も忘れ、軽い足取りで部屋へ帰った。

翌日は大人しく過ごす。兄に尊敬の目を向けたかに思わせた愚妹は、日曜でもあり地方へ行っていた。月曜の昼前、ランチをテイクアウトして持って行く、とメールがきた。

「ここへ来る前に寄るつもりで師匠に電話したらさ、外で飯でも食おうって」

未也子が、テーブルにパスタボックスと缶ビールとプリンを並べる。

「ほう、家好きの師匠がねぇ」

「でしょ。急にナポリタンが食べたくなったんだって。ああいう店は男一人じゃ入りにくいからちょうどよかったと、ご馳走してくれたのよ。ついでに、お兄ちゃんのお疲れ様ランチを持ってってやれって」

どう考えても、ついではおまえだろう。それに、もうプリンは必要ない。

「で、痛くないの？」

「普通にしてりゃ大丈夫。時々無防備に動いちゃって、イテってのはある」

「ふ〜ん、じゃあ食べる前に替えちゃおうか」

病人を労わるより、好奇心を満たす意識が高いのは明らかだ。

骨髄液は、普段我々が骨盤と呼んでいる骨、腸骨から採取した。傷口は見えないし、薬も塗りにくい位置である。人間は一人で暮らす用の生き物にできていない。

「うわぁ、いっぱい穴あけたんだね」

予想通りの、楽しんでいる声音であった。さて、どうリアクションしようかと考えていた時、携帯が着信を告げた。一昨日登録したばかりの『田岡』の名が表示されている。もうイベントの話し合いをしたのか。仕事の早い団体だ。

「はい、牧村です。いえ、こちらこそ……はい？　ええ、はい、えっ、いつですか？」

電話は譲渡会と無関係で、意外な用向きだった。タミーが行方不明になったと言う。

「それなら僕も行きますよ。ええ、大丈夫です。はい、わかりました。では三時に、この前のベンチで、はい」

「お兄ちゃん、誰？」

「病院の人」

「なにか悪い病気が見つかったの？」

「いや、個人的な用事だ」

「女の人？」

「ああ」

「やるじゃん。お兄ちゃんが入院中にナンパできるほど器用とは知らなかったわ」

「俺も知らなかったよ。おまえ、夕方は時間あるか？」

「うん、今日は晩ゴハン作ってあげようと思ってたから」

「（買ってきてあげよう、だろ）じゃあ一緒にきてくれないか？　万一の用心にさ」

「……？……」

僕は火曜日の出会いと、タダシロ―のガールフレンドの話をした。保護犬の里親探しの団体や、マルちゃんとタミーの半生等とともに。生粋の犬派を自認する未也子は、ときに顔を曇らせ、ときに嘆き、ときに憤り、同行を快諾した。

腰の状態を考慮し早めに出発し、平坦な道を選んで河原へ向かう。ベンチに女性が二人腰掛け、足元で白い犬が動いているのが見えた。駐車場のトイレに、タミーの姿をプリントした『探しています』のチラシが貼ってある。

「申し訳ないです。療養中の方に」

「もう問題ありません。あ、妹の未也子です。ちょうどガーゼを替えるのに来てもらってまして、念のため付き添いで連れてきました」

「はじめまして、いつも兄がお世話になっております」

「とんでもない、こちらこそ。田岡です」

「すいません、お騒がせして。斉藤と申します」

「状況を詳しく教えて頂けますか？」

「はい。昨日は日曜でしたから、主人がタミーを連れてきたんです。娘が練習してる姿を撮影するんだって。麻緒が嫌がるからよしなさいって言うんですけど……」

さすがはタミーパパ。名前に負けていない。アニメと同じキャラだ。

「そしたらば、練習中の生徒が一人川へ落ちちゃったんです」

「それは大変」

「幸いに他のボートがたくさんいましたので、すぐ助けられたようです」

「よかった」

「はい。ところが、騒ぎが収まって、あたりを見廻したらタミーがいなくなってたそうで、探しましたが見つからず……」

その後、田岡さんに連絡し善後策を相談した。ご主人は、「落ちる時に大きな声を挙げて、水の中でもバタバタして危なかったんだよ」としょげてしまったが、麻緒ちゃんは取り乱すことなく写真をコピーしてチラシを作り、今朝早く張りにきたそうだ。近頃の若者はしっかりしている。

「昔の家に帰ろうとしたか、お子さんが遊びの延長で連れていったんじゃないかと思います。もし一頭で道に迷っても、成犬ですし一日二日でどうこうはないでしょう。……心配しているのは別の事情なんです」

田岡さんが、専門家らしい口調で言った。

「なんでしょう？」

「タミーに発情の徴候があったんです。それ自体は、健康の証しでおめでたいんですよ。ただ、予期せぬ妊娠がないとは言えません」

田岡さんが斉藤さんを見た。

「麻緒も、元気になったんだと喜んでいたのですが、そういう話は主人にしづらくて……。タミーは必ず目の届く範囲に居ますので油断していました。伝えておけば放さなかったんじゃないかと、それが悔やまれます。主人は自然の中で遊ぶタミーが好きなんですよ」

「わかります」

師匠もそうなのだろう。

「主人は写真や動画撮影が趣味で、今回も騒動の一部始終を撮ったそうですから、そこそこ時間は経っていたと思うんです」

「日曜日は界隈の犬たちが集結します。一頭で歩いていたり子供が連れていったりした場合は誰か見かけているはずなんです。犬同士が反応しますし飼い主も皆さん顔馴染で、必ず気がつきます。きっと連絡はあると思うのですが、念のため牧村さんのお師匠さんにもお訊ね頂きたいと、お声がけしたよう次第でして……」

田岡さんが話を引き取った。

「その動画はお持ちですか？」

未也子が口を開く。

「ええ。主人が私の携帯に入れてくれました」

「見せてもらっていいですか？　タミーちゃんが映ってるかも知れません」

「ああ、タミーをご存じないですものね。他にもタミーを撮ったものは入ってます。私はやり方がわからないんですが、移してもらって構いません」

「ではお借りします」

二人を残し、我々は帰途についた。一昨日退院したのを知っている方の前で強がるのは、却って負担をかける。

「おい、どう思う？」

妹としてはともかく、姉弟子としてもともかく、局長としては一目おかねばならない。

「なに？」

「タミーだよ」

「普通は前の家に向かったと考えるよね」

「犬は帰巣能力が高いと聞くもんな。テレビで、何百キロも歩いて自宅へ帰ったというニュースをやってたよ」

「う～ん、何か釈然としない。話を聞く限り、賢そうな犬だよね。飼い主と一緒にいて逃げ出すかなぁ。何らかの事件に巻き込まれたんじゃないかって、そんな気がする。交通事故の可能性もあるでしょ？」

「えっ、事故……そうか、ここを離れれば有り得るか。盲点だった。未也子、俺しばらく動けないし、代わりに手伝ってあげてくれないか？　いや、俺からダヴネスト探偵局に依頼するよ。報酬は、里親募集譲渡会でのゲスト高座一席を譲る。前座分くらいしか出ないだろうけど」

「お断りします」

「ダメか？」

「健康と母性を取り戻したタミーは、探偵ではなく、後輩女子として捜します。報酬をもらっては先輩に顔向けができない」

「悪いな」

「お兄ちゃんのためじゃない。でも、お蔭ではあるかな。小児病棟に行って、入院しているお子さんと付き添いのお母さん達に会って、月並みだけど、健康に生活できる有難味がわかった。それを取り戻した場所から、取り戻させてくれた家族の前から、タミーは逃げ出したりしない。私はそう思う」

「……ヨシ、報酬ではなく俺からの礼として高座を譲る。謝金だ」

謝金とは業界内で渡すチップである。未也子は親指を立てて片目を瞑ると動画を再生し、遠慮がちに甘えるタミーの表情や、尻尾がないキュートな後ろ姿を見つめた。いつもはグラスやボトルを握り締める両手で、携帯をしっかり握り締めていた。

国府台駅で未也子と別れ、師匠に電話しタミーの件を伝えた。

帰宅後は、昼間差し入れられたビールを飲みながら、状況を整理する。外を動き回れないにしても、なにかしら貢献しなくてはなるまい。

一、昔の家へ帰ってしまった。二、昔の家へ向かう途中で迷ってしまった。三、誰かに連れ去られてしまった。四、連れ去られた家から逃げる途中で迷ってしまった。五、交通事故にあった。考えられるのはこんなもんだろう。一は松岡さんが手配しているはずだ。三は相手次第。問題は二と四と五だ。どこを重点的に探せばいいのか、保健所に確認するなら市なのか県なのか。もし事故だった時のため動物病院をあたる際は、どの範囲まで広げるべきか。

ビールが空き、気分が高揚し、もう一本持ってこようと無防備に腰を上げた途端にズキっときた。忘れていた、僕は病み上がり？　だった。この取込み時に迷惑をかけてはいけない。巡り巡って探索の妨げになる。僕は決意を新たにした。

ビールも新たにしたところに電話が鳴った。束の間盛り上がり組み立て途中の僕の推理は水泡に帰す。タミーも帰す、の知らせだった。

日曜日の晩ある人が広場のトイレに寄ったらタミーがいて、飼い主らしき人も居ないので保護した。その人が次の日、つまり今日は平日で昼間動けず、夜になって駐車場へ行き、チラシを発見した。親切な人で送り届けてくれたという。

田岡さんの予想通り、子供が連れていったのを親御さんが元の場所へ返しにきたのではないか、家の場所がわかっていても飼い主と別れた場所で待つ犬はいるようです、と斉藤さんは続けた。

「大変お騒がせして申し訳ございませんでした、妹さんには直接連絡いたします。お師匠さんにくれぐれもよろしくお伝えください」、斉藤さんは、電話の向こうで頭を下げているのが見えそうに謝っていた。

　僕は再び師匠に電話をかける。ふんふんと聞いたあとで師匠が言った。

「よかったな。それはそうと、来週の火曜、ウチでおまえの退院祝いをやるぞ」


「では、右女太くんの骨髄採取成功に、乾杯！」

　マスターの発声で僕の退院パーティーが始まった。タダシローは奥さんと一緒に娘さんの家へ行っており、人間四人の集いである。

「右女太、お務めご苦労さん」

「師匠、それじゃあ出所ですよ」

　リアクションの呼吸も戻ってきた。

「どうだ、ためになるような、ネタになるようなでもいいや、なにかあったか？」

「はい。ためにもネタにもなりました」

「ほう、どんな？」

「食事です。僕は、男にしては小食のほうだし、関東人にしては薄口好みだと思ってたんですが、病院食の少ないのと薄いのには愕然としました。きっとあれが正しいんでしょうね。つくづく現代人はカロリーと塩分を摂り過ぎなんだと反省しました」

「おお、殊勝だね。ネタのほうは？」

「財前五郎です」

「財前五郎？　白い巨塔か」

「はい。夜、回診がきたんですよ。後ろにズラッと若い先生達を従えて。で、院長だか部長だかの先生が……この度はご協力ありがとうございます……って頭を下げたんです。それを見た全員が一斉に倣って。いやあ、見事なもんでした」

「お兄ちゃん、その人は唐沢寿明みたいなイイ男だった？」

「ああ（おまえは入院してミーハー成分を採取してもらえ）、そうだな、それなりだな」

「マスター、唐沢寿明ってのが時代を感じますね」

「ええ、我々は何と言っても田宮二郎ですか。白い滑走路もありましたし」

「ラジャーってやつだ」

「そうです、流行りましたっけ」

一瞬遠い目になった二人が還ってくるのを待つ。

「傷口は大丈夫なのか？」

「はい、なんともありません」

「本人は見えないからね。師匠、痕がいっぱい残ってるんですよォ。ガーゼ替えてる私が痛くなりそうなくらい」

「針が太いって言ってたもんな。採取してる最中は痛くないのか？」

「麻酔が効いてますんで、全然」

「いやあ、右女太くん凄いよ。ぼくは採取の前に麻酔でダメ、注射が苦手なんだ」

マスターが蒼ざめている。

「麻酔は注射じゃなくて吸うんですよ。……いいですかぁハイ吸って……ハイ起きて、って。一瞬だったのに二時間経ってたのかな。ビックリしました」

「へ〜」

「で、目が覚めてもボンヤリしてまして、その状態の時にみんなで身体もって手術台からストレッチャーに移すんですよ、せーのって感じで。僕は、初めて俎の上の鯉の気持ちがわかりました」

「ずいぶんでけえ鯉だな。マグロのほうが近くねえか」

「ウフフ、歳のせいで脂がのってきたしね。高く売れるかもよ」

「へっ、養殖の全身トロマグロもどきに言われたくありません」

「失礼ね。目黒のサンマばりのスマートレディに向かって」

「おいおい、相弟子は仲良くしとくれよ」

「あ、師匠、組の上って言えば、まないた寄席を外でやってもいいですか？」

「外？　どこで？」

　僕は里親募集会の計画を打ち明ける。計画が具体化し、僕の高座も含まれていた。

「本人が出るっていうなら問題ねえだろ」

「ありがとうございます。それでは、声をかけてみます」

「おまえも出るのか？」

「はい。最後に一席。あやうく、その仕事をコイツにやっちまうところでした」

「やっちまう？」

「はい。師匠にお電話したタミーの失踪事件です。僕が動けないから代わりに探してくれって頼んだんです。謝金が、その高座でして」

「小右女が解決する前に、無事発見か」

「はい」

　僕は勝ち誇った顔を（勝負などしていないが）未也子に向ける。

「残念だったな。事件だったとしても、究明する前に迷宮、入りだ」

「お兄ちゃん、面白くない。迷宮入りする前に究明したわよ。解明もね」

「えっ、平和な結末だったじゃないか。解明するような事件じゃないだろ？」

「それが違うのよね。連れ去った人がいたのよね」

「まじで？　証拠はあるのか？」

「今は状況証拠しかない。でも、七週間後には動かぬ証拠、じゃなくて動く証拠が出てくるかも。物的証拠がね。あ、状況証拠も動く証拠よ」

「意味わかんねえ。七週間？　半端だな。もったいぶらないで教えろよ。ねえ師匠」

「そうだな、ぜひ伺いたいもんだ」

「なんですか？　動く状況証拠って？」

僕はタミーの失踪と発見を、かいつまんでマスターに話した。

「ほほう、面白そうですね」

未也子が胸に手をあてて師匠とマスターに一礼すると、携帯を取り出した。ストラップに付けた九索《きゅうそう》の麻雀牌が光る。鳩巣と九索の地口に加え、師匠に「探偵の探は探索の探だ」と言われて以来、字面も込みでマスコットにしているのだ。

「それでは皆さん、状況証拠。この動画をご覧ください」

未也子が、記者会見で婚約指輪を披露する芸能人のように――それほどのもんではないか――旧いタイプの扇風機のように、画面を示したまま半円を描いた。

「これは、斉藤さんがタミーから目を離すきっかけになった高校生の転落事故です」

何度も見た動画だ。

「まず、みんなオーバーアクションだなぁ、と感じました。それでも女子高生です。落ちても周りに大勢いましたし、余裕があればおちゃらけたりもするでしょう。問題はその先です」

末也子は動画を一時停止させ、四人の中央に置いた。「私の知人に映画に詳しい人がいて、以前こんな話をしてました」

井山だな。

「本編が終わってエンドロールになると席を立ってしまう人が多いけれど、そのあと大事なシーンが映ることもある。例えばシェーン。有名な〝シェ～ンカムバッ～ク〟を見届けると皆が終了だと思う。でも最後の最後に馬上で倒れているのがシルエットで示されるんだよって。その話が印象的だったので、私はどんな映像も消えるまで観る癖を付けました」

そこで話を切り、また携帯を手にし扇風機になった。

「練習していた他のボートが近寄ります。救助して元の位置へ戻っていきます。が一艘だけ、対岸へ進んで行くボートがいました。気になって映像を追いかけると、離れてからだんだん下流へ向きを変えます。……ここ」

末也子が動画を止める。

「新聞社に勤めてる方に頼んで拡大してもらい、大きな画面で確認しました」

これも井山に違いない。あなたの意見が参考になったのよ、なんてヨイショしてやらせたに決まってる。

「このボート、五人乗りで漕ぎ手は四人なのに、三人しか漕いでいないんです。漕いでいない選手は逆の前向きで荷物を抱えており、それが僅かに動きます。動くなら荷物じゃなくて動物、この状況ではタミーだと考えるのが妥当でしょう」

「えっ、誘拐犯は女子高生！」

僕はつい、大きな声を出してしまった。

「それは微妙な言い回しね。女子高生が連れ去ったとしても、誘拐にはならないと思うな、たぶん抱えてるのは飼い主一家の麻緒ちゃんだから。そうじゃなきゃ、揺れる船の上でこんなに静かにしていないでしょ？　麻緒ちゃんなら、お父さんがリードをはずす習慣なのも、カメラが大好きで、なにかあったら撮影しなくちゃ気が済まない性格なのも知っていた。撮影に気を取られている間に連れていくのだって簡単。犬笛を使ったのかもね。それだって仕込めるのは飼い主さんのみ。あの辺には入江と茂みがたくさんあるから、ボートを隠しておくのも難しくない。日曜日の午後だもの、誰にも見られずあの場所を離れるには水路が最適よね」

「すると、川に落ちた女の子はタミーのダミーだったわけだな」

「お兄ちゃん、面白くない。それにダミーよりはドッグレースのラビットに近いわね。気を引く役だもの」

「（コイツに英語を直されるとは……）ゴホン、それはさておき、なんで自分家の犬を連れ去るんだ？　動機がないじゃん」

当然の疑問だ。師匠もマスターも続きを待っている。

「誰だってそう考えるわよね、動機がないって。でも、私達には経験がある。同じ場に居合わせたお兄ちゃんが気付かないなら、学習能力がある、と言い換えてもいいわ」

「よくないよ。同じ場ってどこだ？」

「お兄ちゃん、しばらく黙ってて。マスター、一昨年私達は上総で盗難事件に遭遇しました。その日に限って都合よく番犬がいなかったんです」

未也子は郵便局の一件を指している。まずい。

「あるミステリーで読みました。偶然を信じる奴は刑事には向かない。私の座右の銘です」

妹よ、おまえは刑事じゃない。

「犬が、家にいなくてはいけない日にいなかった。今回も同じです。犬が家にいなくてはいけない日、妊娠の危険がある日にいなくなってしまう。そんな偶然は信じられません。考えられる理由は二つ。一つはタミーが本能のままに行動してしまった、もう一つは人によって移動させられた。……私はこの動画で後者だと確信したんです。いては困る場所から連れていったのが前回、今回は反対で、いるべき場所に連れていった」

いるべき場所？

「話は変わりますが、マスターは落語を聴きますか？」

「えっ……師匠の会に何度かお邪魔したけども、詳しくはないな」

突然の質問にマスターは、ついでに師匠も怪訝な顔だ。おそらくは僕も。

「今回の事件現場になった江戸川と、漢字なら一字違いの宮戸川っていう噺があります。帰宅が遅くなり締め出しを食った若旦那が、いつもように叔父さんの家へ泊めてもらおうとしたら、同じく締め出された幼馴染のお花ちゃんに逢う。お花ちゃんは密かに恋心を抱いていたもので、一緒に連れていってと頼みます。若旦那は断りますが、勝手についていく。すると叔父さんは気を回して、同じ部屋に閉じ込めてしまう。そのあとどうなったかは二人しか知らない、っていう噺です」

「色っぽい落語だね」

「はい、人気があります。寅さん映画のモチーフにもなりました」

「へえ。……それがなにか？」

「この叔父さん、呑みこみ久太と渾名されるほど早合点の叔父さんがいなければ、二人は結ばれなかったでしょう。そんな叔父さんが、江戸川にもいたんだと思います」

江戸川の呑みこみ久太？

「タミーは死産のあと発情がこなくなり手放された犬です。それが新しい暮らしで、自然に触れたせいもあるでしょうし愛情をたっぷり受けたせいもあるでしょう、元気になって発情……発情って言葉は遣いたくないな……タミーが恋をしました。女子高生は恋愛のエキスパートです。その恋を叶えてあげたいと思ったのではないでしょうか。妊娠の危険がある日ではなく、命を授かる可能性がある日と捉え、タミーがいるべき場所へ連れていったのだと考えました。でも、いるべき場所でタミーを預かってくれる人がいなければ、船による宮戸川作戦は成立しません」

船による宮戸川作戦？　そういやぁ、宮戸川のお花ちゃんは船宿の娘だったたな。

「私も真間で暮らし、江戸川には何度も行きました。ボートが向かった先、下流には使われなくなった水上バスの発着所がありますし、釣り人が踏み固めた河岸もあります。ボートを横付けして、安全にタミーと麻緒ちゃんが降りられるでしょう。そこで一人と一頭を迎えた人がいるはずです。ただし社会人は仕事の制約を受けます。例えば、あくまでも例えばマスターだったら、タミーが保護されて帰ってきた月曜の夜は動けても、いなくなった日曜の昼はお店を出られません。では誰だろう？　……さっきお話しした上総の盗難事件、実行犯は女子中学生で、二ツ目の噺家が共犯でした。もし実行犯が女子高生ならば、共犯もワンステージ上がって真打ではないか、そう推理したんです。マスター、先日髪を切って頂きながら奥様に伺いました。珍しく師匠が日曜日にタダシローを連れていきましたよって。ご存じですよね？」

マスターの目が泳ぐ。

「月曜日、師匠のお宅へ伺う前に連絡したら、駅前でナポリタンを食べようと誘われました。その時には気付きませんでしたが、家へこられては困る事情があったんでしょう。タミーの恋の相手はタダシローー、マスターは父親代わりです。叔父さんがいるとすれば、内緒で泊めてくれた叔父さんがいるとすれば、恋をした馬の話を、恋の力を教えてくれた師匠しか考えられません。でも師匠は飼い主さんと面識があります。タミーを送り届けてくれた男性について斎藤さんにお訊ねすると、五十代くらいで、ロマンスグレーの襟足を長めにした方だったそうです。マスター、久太師匠、いかがでしょうか？」

マスターがフーっと、溜まっていた息を吐き出した。

「師匠、優秀なお弟子さんをお持ちのようで」

「ふん、俺は知らねえよ。タダシローに逢いたいって知り合いがいて日曜に預かったのは事実だけど、その人が自分家《じぶんち》の犬を連れてくるかどうかは勝手だろ。その犬を忘れて帰っちまっても、俺の知ったこっちゃねえや」

「仰る通りです。師匠は、ベランダへの扉を開け放しただけかも知れませんね。宮戸川の呑みこみ久太も、二階から降りる梯子階段をはずしちゃっただけですもの」

「ハハハ、そいつはいい。粋な叔父さんだね」

マスターは重荷を下ろし、やわらいだ表情でビールを呑み干した。僕は空いたコップに注ぎ直し、瓶を師匠へ向けコクンとして促した。師匠が残っていたビールを口に流し込むと、未也子が僕から瓶を奪い取り、笑顔になって師匠へ突き出した。

「師匠、一般論でお訊ねします。仮に、女子高生達が連れ去ったんだとしたら、なぜ親御さんに内緒でやったんだと思いますか？」

「……一般論で言うなら、里親探しに苦労する人を見てきたからだろう。子犬が生まれれば、そのぶん里親も必要になる。どうしたって希望者は子犬に偏るだろうし」

「やはりそうですか」

「俺も、現実にいる犬を優先すべきと考えるほうだ。わざわざ新しい命を生まれさせなくてもいいさ。でもな、苦労して子供を産んで、その子が動かないって経験をした母親が再び産む決心をしたなら、それは、人でも犬でも尊重されるべきだと思うよ。……母親になる権利があると思うよ」

「……わかりました」

「小右女ちゃん」

マスターがコップを置いた。

「はい」

「うちは娘二人だろ？　実はそのあとに一度流産してるんだよ。だから孫娘ができた時、嬉しさとは別に、女房のためによかったというか、ホッとしたんだ。あの子が、改めてきてくれたんだって、自分を納得させられたからね。今日もぼくを置いて女組で出かけちまったけど、本当によかったよ。師匠に相談された時……いや、相談されたとしたら、ぼくは喜んで承諾したんじゃないかな」

「相談されたとしたらですか？」

「ハハハ、そう、もし相談されたとしたら。ぼくは、仮にタダシローの子供ができたらば、預かっている間の監督不行き届きでしたって、謝りに行くつもりだ。生まれた子犬は、信用できる飼い主を探しますと約束して引き取ってもいい……。本音はさ、ウチは女系が仕切ってるもんで、息子系の孫を味方に欲しいんだよ。犬の妊娠期間は約二ヶ月、あと五十日前後だね。楽しみだ」

そうか、それが動く証拠で、あと七週間なのか。

師匠がマスターにビールを注ぎ、コップを掲げた。

「それじゃあ、タダシローパパとマスターじいじに乾杯といきましょうか」

目が話題を変えようと言っている。僕は（ラジャー）とぶつけた。

「あ、師匠、一つよろしいですか？」

了解しない未也子が人差し指を立てる。おまえは杉下右京か！

「なんだ？」

「一般論で考えれば、師匠にしろマスターにしろ車を運転できる大人が手伝ってくれるなら、わざわざ面倒なボートを使わなくてもなんとかなったんじゃないですか？　それほど誰かに目撃されるのを懼れたのでしょうか」

師匠は一瞬表情を止める。やがて、ゆっくり口を開いた。

「一般論で……もういいや面倒くせえ。小右女、おまえの推理は一つ違ってる」

師匠も人差し指を立てた。右京三号だ。

「俺は迎えになんか行ってねえ。タミーが自分の足で、相棒と一緒に歩いてきたよ。……おまえら、タミーの名前の由来は知ってるか？」

「マルちゃんの友達だからじゃないんですか？」

「私もそう聞きました」

「誰に？」

「えっ」

「それは……お兄ちゃん」

「まったく。早合点はおまえだ、呑みこみ右女太」

……だってキャラが巧く調ってたんだもん。ウメタミー心のポエム……

「あのな、犬の血統書を作る時には、愛称とは別の登録名ってのがいるんだとさ。最初の出産で生まれた兄弟姉妹はAから始まる名前、二回目の出産ならBから始まる名前、三回目ならC」

「そうなんですか」

「知らなかった」

マスターが無言で頷いている。

「タミーは四回目の子供だったようで、登録名はデイジー」

「かわいい名前……ん？　これも誰かに聞いたような」

「シェーンのラストを教えてくれた映画マニアじゃないのか？ドライビング ミス デイジーだろ、アカデミー賞獲ったヤツだ。デイジー役はジェシカ・タンディ」

「そうだった。白い犬とワルツをの話をした時に、同じ人が出てるって紹介してくれたんだ」

師匠は反応せず続ける。

「デイジーは、コーギーの故郷イギリスなら野菊……あれっ、まだわかんねえか？　タミさんは野菊のような人だ、って台詞があっただろう」

「あっ、あった……なんだっけ？」

「小説ですよね……映画でしたか？」

師匠の眉間にシワが寄る。

「これだよ、マスター」

「フフフ、我らが聖子ちゃんも遠くなりにけり、ですな」

「おまえらなぁ……。映画化もされた小説だ。華やかさはなくても清楚で、タミーは野菊のような犬だってこと。あの物語は松戸の矢切が舞台でな、最後に船着き場で別れるんだよ。日本中の学生が読んでるだろうけども、地元民は一度や二度じゃ済まないらしい。それが無理やり読まされているうち実年齢が近くなると、民《たみ》ちゃんの切なさが身に染みてくるそうだよ。その先になにが待っているとしても、一緒に乗っていきたかっただろうなって……やっぱり女の子だね。で、自他ともに認める矢切の渡し部としては、タミちゃんを船に乗せて送り届けなくてはいけない、そう思ったんだとさ。大仰だって笑うかも知れねえが、命を繋ごうとする想い、小右女みたいに恋の力と呼んでもいいだろう、それが続いてきたからこの星はもってるんだぜ。俺は、ひたむきに船を進める女の子達の眼差しが見える気がしたよ。この星を守ってきた眼差しがな」

師匠はそこまで一息で喋って、照れ隠しにビールを呷った。

僕も川面を辿るボートを思い浮かべた。

オールを操る三人とコックス、タミーを支えて安心させる麻緒ちゃん、川に落ちる役や救助する役の子達、そしてそして、背中の温もりを信じ前を向くタミー、みんなの澄んだ眼差しが、春の陽を跳ね返す飛沫《しぶき》とともに、きらめいて見えるのだった。

11番からの依頼

―二〇〇八年、冬―

出番が夜席のサラ口だから、四時半を目処に入る。僕は新宿末廣亭の楽屋の戸を開けて座り、

「おはようございます」と挨拶した。

サラ口とは幕開き最初の出番を指す。しかし実際は、昼席も夜席も前座の次に僕ら二ツ目が上がる。寄席の前座はプログラムに入っていないのだ。ゆえに、前座のうちの誰が上がるかは決められておらず、決定権は前座のキャプテン立前座が握っている。その権限は強大で、寄席進行に関する限り、二ツ目はおろか真打でも逆らわない。長くやってくれと言われれば長くやる、短くしてくれと言われれば短くする。階級は階級で存在し、度を過ぎた要求は小言の対象になるが、明文化されていない慣例を守らないと陰でどんな風に囁かれるか（たいがい大きな声での囁き）みんな知っている。それらを身体で覚えるのが、寄席ならではの噺家修行なのだ。

末廣亭の楽屋には、一階も二階も火鉢が置かれている。一年中だ。代わりに卓袱台でも置いたほうが機能的なのはわかりきっているし、エアコンだって完備されている。それでも、本物の火の魅力と魔力には抗えない。灰しかない季節でさえ、人を引き付ける。冬場は言うまでもない。今日も数人が周りを囲み駄弁っていた。

夜席の二ツ目が楽屋入りするのは、昼夜入れ替えがない芝居なら昼トリの高座の最中だ。通常その時間には前座しかいない。なのになぜだ？ 未也子とベニーもいる。嫌な予感がした。

「おっ、どうした。背広なんぞ着ちゃって。それも黒じゃねえか」

ほらきた。

「はぁ、お客さんに会うもんですから」

「ほう、お堅い恰好で会うとこみると、いいお旦めっけたな？」

「滅相もない。セコな仕事でして……」

「このご時世だ、セコでもなんでも仕事がありゃあ御の字」

「小右女ちゃん、兄貴は、いや弟弟子はお稼ぎだよ」

「いやぁ、姉さんのほうが忙しいだろ」

末也子は笑って受け流している。戸籍上は僕の妹で、一門では姉弟子だ。師匠方も、別に我々兄妹の収入を心配して、ましてや僕の仕事や服装に興味があって、こうやって話しかけてくるわけではない。噺家の性？　業？　はたまた集団性パブロフの犬状態？　目の前にきたものには反応し、食いつく習性になっているのだ。魚に生まれなくてよかったと感謝すべきであろう。話題はとっくに他へ移っている。

僕は意味のない愛想笑い（いまや習い性だ）を浮かべて二階へ上がった。お囃子のおっしょさんが三味線をしまっていた。彼女達は必ず着物で寄席に入り、三味線を弾く。お客様の目にはふれないけれど、大切な、素敵な慣習だと思う。

前座が入ってきた。

「お茶でございます」

「ありがと。ねえ、なんで師匠方あんなに残ってんの？」

「今日打ち上げがあるそうです」

「明日は代バネですって」

三味線を片付け終えて、おっしょさんが座った。

代バネとは、トリの休演を指す。寄席が終わるのを、縁起を担いでハネルといい、代演でハネルから代バネなのだろう。そう珍しい事態ではない。明日千穐楽なので、打ち上げが繰り上げになり、出番を終えた師匠方が待っていたのだ。

「ふ〜ん。ときに、トリはなにやってる？」

「粗忽長屋です」

前座が一礼して出ていった。僕はスピーカーのボリュームを上げる。

「あなた、死んじゃってるんですよ。……だっておめえさっき、いき倒れだって言ったじゃねえか。死んでるなら死に倒れだろ」

ウケている。

「紅作師匠の粗忽長屋は面白いですよね」

そう言って、おっしょさんが笑った。世界で一番落語を聴いている人達だ。耳が肥えていて信用できる。

「そうですね。ニンに合ってます。師匠も実際にやりそうですすもんね」

「うんうん、やりそうやりそう」

プロ中のプロにここまで言わせる紅作師匠のフラ恐るべし。

持って生まれたゆる〜いオーラをフラと表現する。これればかりは稽古や修行でどうこうなるものではない。心底羨ましい。天賦の才、血筋であろうか。と、そこへ、同じ血筋とフラ（天然と言うべきか）を持つベニーが、未也子と一緒に入ってきた。紅作師匠の姪にして弟子、楓家紅枝ちゃんである。

「おっしょさん、打ち上げきていただけますか？」

「ご一緒させていただきます」

真面目な顔で頭を下げると、相好を崩した。

「ねっ、今日はどこいくの？」

「例によって、パブです」

「師匠、ビール党だもんね」

ベニーがメモ帳を出して人数を確認している。デジャヴのようだ。もっとも紅作師匠はトリが多い。よくみるデジャヴではある。

「なんでお前がいるんだよ」

後ろに立つ未也子へ問う。

「代演だもの」

「代演？　誰の？」

「ベニーよ。ベニーはさっきワキからきたとこなの」

ベニーが名前に反応して振り向いた。寄席に入っている時、他の仕事をワキと呼ぶ。

「右女太さんもきませんか？」

「ありがとうございます。でも今回は無理でしょ」

「いえ、二次会っていうか終わってから。右生師匠と合流するんじゃないかな」

「そっちですか。今日はアトがあるんですよ」

未也子がニヤッとして後ろを向いた。

「例の仕事？」

「まあね」

三十路の交差点で噺家になった僕は仕事が少なかった。それは今にして思えば当然の帰結だった。

落語会の最初に登場する前座は、その実力はさておき初々しさが求められる。次の二ツ目より初々しく見えないとプログラムが組みにくい。二ツ目は二ツ目で、その次の若手真打より初々しいに越したことはない。先輩だって、わざわざ自分より年上を連れていこうとは思わないだろう。問題は、それを鷹揚に認め愚痴や不満を呑み込んでも腹はふくれない現実にある。そこで僕は、妹の、いや、小右女《こうめ》姉さんの斡旋で司会者派遣事務所に登録した。

残念ながら、生活改善には寄与しなかった。男性司会者の需要がたくさんはなく、その数少ない司会の仕事が、落語の仕事と重なってしまうのである。仕方がないといえば仕方がない。誰だって陽気のいい時期の休日に集まりたがる。春と秋の週末に各種パーティーやら演芸会やらが集中するのはあたり前なのだった。

その幽霊司会者に、ある日事務所から呼び出しがかかった。ついに解雇か、と覚悟するも違った。マネージャーは妙に腰が低く、新しい事業展開を僕に語り出したのである。

仕事が不足しているのは僕だけじゃなかった。司会の依頼そのものが激減したそうだ。確かに、結婚式の司会を友人がしたと昨今よく耳にする。カラオケの影響か、みんなマイク慣れしていて、変に癖のある噺家なんぞより上手い人もいる。また、見ず知らずの司会者がもらい泣きをするよりは、友達が泣いたほうが絵になるし、仮に失敗してもご愛嬌で済む。

マネージャーは考えた、その逆にしかプロの生きる道はなかろうと。マイク慣れできない状況で素人が使えない言葉を操り、失敗が笑って済まされない司会、厳密に言えば成功しても笑って済まされない司会……そう、葬儀の司会、フューネラルMC業界への進出だ。で、僕に白羽の矢が立った。業務知識と司会技術を覚えるため、葬儀社さんへの研修を提案されたのである。マネージャーは、ニヤニヤ（本人はニコニコのつもり）と僕を説得にかかった。

「これは、牧村さん（僕の本名）にとってもいい話だと思うんですよ。ほら、お祝い事はどうしても週末じゃないですか、それも春と秋が多い、ねっ。その点お葬式はいいですよ、季節も曜日も選ばない、選べない、ねっ。本業の落語会に差し障りがないように平日を担当してもらいましょう。そうなると週末にやってくれる人も育てなくちゃならない、ねっ。人はいるんですよ、登録司会者は週末希望のほうが多数派です。しかし平日にこられないのですから研修には行けない。そこで、牧村さんに覚えてもらって、ぜひ指導的立場になっていただきたい、と。ねっ」

未也子に相談するとウケた。「お兄ちゃん、役に立つよ。らくだが得意ネタになっちゃうかもよ。それを、お金もらって稽古できるんだもの絶対やるべきよ」。

古典落語には冠婚葬祭、特に葬儀を扱ったものが多く、未也子が挙げた『らくだ』もそのうちの一つ。ナルホド、一石二鳥、魅力的だ。

僕は事務所に承諾を伝えた。早速、利根川越しに茨城県を望む我孫子市郊外のホテルに滞在し、近くのアイリスセレモニー（ホール）で研修する段取りが組まれた。

千葉県から茨城県にかけては七五三が結婚式並みに派手だったせいで、司会者派遣事務所は広範囲に太いパイプがあるのだ。

それはそうと、泊り込み一ケ月の研修は長過ぎないか？

僕の疑念を見透かしたように、葬礼の師匠となったアイリスホールの常務はこう言った。

「話が違うって顔してるね。あのさ、司会を覚えるのは簡単なんだよ。難しいのは立ち位置っていうか携わり方だな。それはね、一通りの仕事を、こなせないまでもやってみなくちゃわからないと思うんだ。道の端から端まで歩いてみなきゃ幅はわからないだろ？　幅がわからなきゃ真ん中を歩けって言われても歩けない。そうじゃないかい？」

その通りだ。返す言葉もない。

「葬儀の司会たって、普通に喋ればいいんだ。でもそれが難しいんだな。どうしても構えちゃう。真面目な人、一所懸命な人ほど、司会は特別な役目だと思い込みやすい。葬送儀礼の中で告別式が占める割合はせいぜい一割、その告別式の中で、司会者の声がきれいとかナレーションが上手いとかもせいぜい一割、全体の1パーセント程度だろう。そのバランスを弁えていないから、訳のわかんない司会が横行しちまう。司会のための司会を競ってる。ナンセンスだな。業界では言うんだよ、お客さんに褒められる司会者は一・五流。それで喜んでる奴は二流だって。けだし名言だね」

人前で喋る職業を選んだ者として迷い、悩み、ヘコむ。

「ただ、さ」

「（ただ？）」

「その1パーセントが目立つのは事実。営業にもなる。喩えるなら、ピラミッドのてっぺんの石みたいなもんかな。誰だってピラミッドの前に立てば頂上を見上げるだろ。たぶん俺だって見上げるよ。もしそこが欠けていたらガッカリするだろうさ。でも石の大きさは上も下も同じようなもんじゃないのかね。同じ何千分の一か何万分の一だ。目立つし注目されるのは間違いないにしろ、他の石の上に乗っかってる、その位置にいる役なんだって、マイクを握る本人は忘れちゃいけないと俺は思う。だから、一ヶ月の研修にこられる人しか教えられない、そう言ったんだ」

僕は、「こんな修行が何の役に立つのだろう」と問い続け、呻き続けた前座時代を思い出した。その日々が自分の支えになっているのを再確認した。以来、ホールは芸道精進の場にもなった。

研修を終え葬儀の司会を始めてみると、噺家に限らず、表現する仕事を目指す者には有意義な経験だと痛感する。およそ身内が亡くなるくらい心情を揺さぶられる出来事はあるまい。

その場に臨んだ人の表情や発言や仕草を学ぶ実務的な勉強のみならず、悲しいという想いは？悼むという行為は？喪失という感覚は？これらは、哲学書を何百冊も読むより、同じ空間に身をおくほうが何百倍も伝わってくる。

きれい事ばかりでは信用されないだろう、生業に向いているのも素直に認める。季節を問わず平日の昼間に人前で喋る仕事、それも間違えてはいけない緊張感を持って喋る仕事は貴重で有難く、技術的に精進できる機会であり、たつきを支える場でもあるのだ。僕は、ニヤニヤした薄ら笑いで……もとい、ニコニコと慈愛に満ちた微笑で勧めてくれたマネージャーに感謝した。

　唯一の難点は、仕事が突然やってくることだ。二日前ならいいほう、前日はザラ、当日もある。葬儀社さんから司会事務所への発注が突然なのだし、前段階の葬儀社さんへくる依頼も突然、依頼せざるを得ない状況も各家庭に突然訪れる。したがってプライベートの約束は、「〇曜日、呑みに行こうか？」ではなく、「次のびきまえ、呑みに行こうか？」となる。葬儀業界では、原則的に告別式をやらない友引の前日を、友引前の略で「びきまえ」と呼ぶ。翌日葬儀がない、つまり通夜がなく、呑みに行けるのである。

　スピーカーからドッと笑い声が溢れ、僕は寄席空間に引き戻された。「〝生まれる時は別々だけど、死ぬ時は別々って仲なんで〟〝あたりめえじゃねえか〟〝その、あたりめえの仲なんだよ〟」、紅作師匠の『粗忽長屋』は相変わらずウケている。

　着替えて降りていく。私服姿の前座が太鼓の前に坐って高座を見ていた。この時間帯は、昼席と夜席の前座が入り乱れて大騒ぎ、静かな大騒ぎの最中なのだ。私服を着ているのが昼席の前座で、着物姿が夜席の前座である。新宿は昼夜の入れ替えがなく、昼トリの後は追い出し太鼓ではなく、仲入り太鼓を鳴らす。普段は一人で操っている大太鼓《おおど》と締太鼓《しめ》を分け、二人で叩く。

「兄ぃよう、俺わかんなくなっちまった。抱かれてるのは確かに俺だが、抱いているのはいったい誰だろう？」

ひと呼吸おいて、締太鼓の高い音が響いた。大太鼓が追いかける。お辞儀をした紅作師匠の前に、緞帳がゆっくり下がっていく。

おりきったのを確認した紅作師匠が大きく息を吐いて立ち上がり、楽屋へ歩いてくる。「お疲れ様でしたぁ」、あちこちから声が飛ぶ。

「どうもどうも。皆さん、どうぞお先に。紅枝、ご案内して。小右女ちゃん、一緒に行ってやってくれる？」

紅作師匠が羽織を前座に渡して言った。

残っていた師匠方とおっしょさん、ベニーと未也子が出ていった。前座が着物を畳むために高座へもっていってしまい、僕は手持無沙汰になる。せめてもと、ハンガーにかけてあった紅作師匠のシャツを渡す。

「あ、悪いね。そうだ、今晩おいでよ。右生兄さんと呑むからさ」

「ありがとうございます。折角ですが、アトがありまして」

「タレか？　右女太くんじゃあ、タレのほうでうっちゃっておかないってやつだ」

すでにご賢察だろうか、タレは女性を指す符丁である。

「とんでもない。無粋な仕事の関係でして……」

「あやしいなぁ。ま、いいや、がんばってね」

紅作師匠も前座といなくなった。凪の時間がくる。夜席のおっしょさんが三味線の調子を合わせ、立前座《たて》が夜席の香盤を書く。僕の前に白湯の茶碗が差し出された。それで僕も夜席モードになり、ネタを選ぶ。

『まんじゅう怖い』を途中で切って、今日は九分の高座だった。前座が長目で延びていたのでちょうどいいだろう。僕にも都合がいい。

「兄さん、すいませんでした」

立前座が謝ってきた。後ろで高座に上った新前座が恐縮している。

「ノープロブレムだよ」

物わかりのいい兄さんと思われるのも悪くない。時間調整も二ツ目の仕事だ。

寄席の出演者は、高座予定時刻の三十分前にきて、終わったら帰ってしまう。滞在しているのは一時間程度である。喋っている間にメンバーが入れ替わっていく。上がる前はいなかった師匠連が増え、「お先に失礼いたします」と挨拶する時には、いくつもの怪訝な眼差しが、再び僕の服装に向けられる。

「どしたの？　スーツなんか着て？」

またただ。

「はぁ、ちょいと仕事の打ち合わせがありまして……」

「ふ〜ん。でも黒とはずい分硬いね」

「黒しか持ってないんです」

「ああ、芸人でも祝儀不祝儀に黒は着るからな。紋付と同じだ」

「はい、そうなんです。それでは、お先に失礼いたします」

嘘は言ってない。打ち合わせする仕事の内容を告げなかっただけ、楽屋では違う色のネクタイを締めていただけだ。

誤解されると困る。僕は葬祭業に携わって、この仕事に収入以外の興味を覚え始めた。隠すつもりなどない。ただ、かけ離れた分野であるのは間違いなく、芸人の習性として、個人的にどういう考えを持っていようが、悪気があろうがなかろうが、その手の話には反応する体質になっている。メトロノームを鳴らされたパブロフ家の犬が涎を流し出すようにイジり出す体質になっている、のもわかりきっている。それはお互いに疲れるので、余計な労力を消費させぬよう務めているのだ。

ホールの最寄駅でネクタイを黒に替えると同時に表情も替える。式場入口でネームプレートを胸に下げると同時に声のテンションも下げる。葬礼の師匠は、「意識しないで普通に喋れ」と言ってくださるが、噺家の普通は普通の人の普通じゃない。

通常は御通夜と告別式をセットで受注し、同じ会場に二日続けて通う。時には、そのあとでまた御通夜に入る状況も出現する。何度か通っているうちには、やっぱり担当者との相性ができてきて、気に入られると指名が入る。その呼吸は、カナダの観光ガイドも噺家も葬儀司会者も同様だった。仕事は、世の中を動かしているのは（大仰だね）、二十一世紀になってもIT全盛時代になっても、人と人との繋がり、人脈なのである。

僕のお得意さんも二つに絞られていた。自宅の位置が考慮され、一つは湾岸儀礼会館、もう一つはアイリスホールだ。業務的には、東京メトロ東西線と京葉線で移動が楽な前者のほうが助かるものの、やはり初めに教わった会社には格別な愛着がある。また、当初は面倒くさいと敬遠していた地方独特の風習にも興味が湧き始め、僕は後者の仕事を待っていた。それは、遠出したくない他の司会者にとっても好都合なようで、事実上専属の形になっていった。いかんせん、施行が重なって人手が足りなくならないと依頼がこない。

年を越し、正月初席の喧騒も去った頃、そのアイリスホールから珍しく連チャンの仕事が入った。司会担当の女性が結婚し、オーストラリアへハネムーンに行ったせいで、またそういう時に限って仕事も増える。業界の人に伺うと、皆さん口を揃えて無関係ではない、と仰る。人の出入りや人の動く気の流れがあるのだと、キッパリ言う。

一件目を無事すませ、夕方までどうやって時間をつぶそうか？　そう考えていた僕に、常務から遅いランチの誘いがきた。

「牧村君、落語を聴いたことある？」

ドリンクバーからカプチーノのお代わりを取ってきた常務が、唐突に言った。

「えっ、はい。割と好きです」

「その若さでしぶい趣味だね」

そうなのだ。世間の人は、落語を年寄りの楽しみだと信じ込んでいる。

「僕はもう若くありませんが、大学生などのファンも多いようですよ」

「ああ、落研があるもんね。牧村君もそうなの？」

「いえ、違います（僕はこうみえてもプロだ！）……」

「いやね、落語会をやりませんかというＤＭがきたんだよ。セレモニーホールの催しにどうですか、ってね。友引の日は葬儀がなくて空いてるだろ？　相続の勉強会や人形供養も飽きられてきたし、なにか新しい企画がないかなぁと考えてたところでね、やってみようと思うんだ。さしずめ友引寄席だな。牧村君が落語好きとは奇遇だ。ＤＭは君を追いかけてきたんだもの」

「あのう……それはどこから？」

「え〜と、何だっけな、ダ、ダヴなんとか言ったな……ああ、ダヴネスト。芸能事務所かイベント会社だろ。そういった会場は、広さや音響が落語会に適しているんじゃありませんか、友引の昼間は空いてるんじゃありませんか、セレモニーホールは昔のお寺と同じく今やコミュニティスペースです、色々と書いてあったよ。縁があるのかね」

奇遇でもなければ縁でもない、未也子だ。あいつの営業以外のなにものでもない。

それが何度もメールを寄越した理由か。俺の心配なんぞするのはおかしいと思ってたんだ。ホールの規模や設備を詳しく訊いてきて……おまけに世間話のフリして友引の空き状況まで仕入れていやがった。

「人の集まるホールのイベントにはさ、気を刺激する意味もあるんだよ。なにかを企画した時点で気が揺れ動き、当日には人の動く流れができるんだ」

「はぁ……（今日もキッパリ）」

「亡くなる人の数は決まっている。その動きや流れをどうやって自社に向けるか？　発注に繋げるか？　それが葬祭業の営業ってものなんだ」

「はい」

「世間じゃ葬儀社の営業は病院回りだと思ってる。まったくないとは言わないが、それでやっていけるほど甘い業界でも時代でもない」

「やっぱり葬儀の落語をやるんですか？」

「葬儀の落語って、例えばどんなの？」

「らくだ、ってのが有名ですね。長屋の鼻つまみ者が死んじゃって、仲間が葬式を出す噺で、歌舞伎になってますし、遺体を躍らせる場面が映画寝ずの番に使われてます」

「う〜ん、遺体を踊らせるのはまずいな」

「大店の主が、三人の息子たちに自分の葬儀の計画を立てさせて金銭感覚を比べる、片棒ってのもあります」

「おお、それはいい。事前相談に繋がりそうだ。意外とあるもんだね」

「はい。まだ他にも幾つか」

「よし、担当の人に相談してみよう。女性の落語家なんだよ。鳩巣亭小右女さんといったな。牧村君知ってる？」

「……はぁ」

知りたくないが知っている。知り過ぎている。

「あ、ちょっとゴメン」

携帯を取り出し、常務が立ち上がった。僕は、どの段階で素性を明かすべきか、それとも最後まで明かさないべきか、ずっと悩んでいた。司会業を続けるなら、アイリスホールで落語はやれない。それならしらばっくれるか。しかし、散々お世話になった会社に、師匠に、隠し事をするのは気がひける。早めに打ち明けるのが正道常道ではないのか。千々に乱れてきた。

「牧村君、夕方まで予定あるの？」

帰ってきた常務が訊く。

「いえ、別に。図書館へでも行こうかと」

「じゃあ搬送を手伝ってくれないかな。別途で払うから」

「はい。ありがとうございます。どちらの病院でしょう？」

「病院じゃなく、警察。変死だ」

「事故ですか？」

「わからない」

研修中にも一度警察へ行った。車に撥ねられた認知症のおばあちゃんで、即死だった。痛ましくも最近よく報道される事例だ。

「以前、常務と交通事故の搬送で警察に行きましたよね」

「そうだっけ、どんな事故だった？」

「夜中に認知症のおばあちゃんが……」

「ああ、あれは気の毒だったね」

「どうなりました？」

「そうか、葬家には行かなかったのか。……喪主さんがショック受けてたよ。そりゃ母親のあんな姿を見ちゃ普通じゃいらんないだろ。でも気丈な方でね、加害者を責めるどころか同情してたな。たいしたもんだ」

「同情？」

「ああいう場合は、撥ねてしまった運転手さんもある意味で被害者だ。路地や物陰があれば用心もするだろうけどさ、見えている歩行者が突然車道に飛び出してきたらよけ切れないよ。実際に車を運転する人ならわかるはず。でも、そういうのってマスコミ的にはネタになっちゃうだろ。加害者も被害者も名前が出ちゃう。あれに意味はあるのかね」

映らなくて聞こえない、ニュースの裏側にふれた気がした。

「被害者が認知症だったら、仕方ないって言われたとしても、同居していた家族は他の親族に対していくばくか責任を表明せざるを得ないだろ。その面から言っても取り上げるデメリットこそあれメリットはない。たくさんの生活を乱しちゃうよ。想像力の欠如、マニュアル化の弊害は、若者やファミレス業界に限らないね」

笑顔で送り出してくれたウェイトレスさんを振り返って、常務はそう続けた。

寝台車を駐車場に停め、常務が署内へ向かう。霊安室に廻すのはわかっていても、無断で入ったら建造物侵入の現行犯だ。搬送してしまえば、誘拐？亡くなっているので窃盗？いずれにしても罪状が増える。「気が利くねぇ」と褒められる可能性はなかろう。

なにか複雑な事情があるのか、時間がかかっている。帰ってきた常務は、サイドブレーキを外すと口を開いた。

「何だと思う？」

「……？……」

「珍しいよ」

「……？……」

「行倒れだってさ」

「へ、行倒れ。今時あるんですか？」

「たまにはね。今時といやぁ、昔の落語には、行倒れって出てくるの？」

「出てきますよ。代表作は粗忽長屋かな。行倒れの遺体を本人が引き取りにいくんです」

「シュールだねぇ。それとも、怪談？」

「いいえ、バカバカしい噺です。街中で行倒れに遭遇した奴が、自分の親友に間違いないと本人に知らせに行くんです。すると言われた本人も信じ込んでしまう。……名作と言われてます」

「オチはどうなるの？」

「遺体を抱き上げまして」

ここで口調を変える。

「抱かれてるのは確かに俺だが、抱いているのはいったい誰だろう？」

ついい、高座調にやってしまった。

署の裏手にある霊安室に着いた。ドアの前に若いおまわりさんが立っている。鍵を開け、我々がストレッチャーを運び入れるのを確認し、一礼して帰っていく。部屋の中に三人が残された。そのうちの一人は、全身に防水シーツを被り、黙って寝ている。

合掌し、シーツをめくる。

その人は、静かに上を向いていた。年の頃は七十前後か。ふと、どこかで見た顔だと思った。もっとも、噺家のほうの仕事は日本中で色々な人と接し、初対面の人といかにも親しげに会話を交わす。似た人がいても不思議はない。

「おかしいなぁ」

常務が独り言をもらす。

「何がです？」

「顔が行倒れっぽくないんだ」

「え？ 行倒れっぽい顔ってあるんですか」

「そりゃあるさ。今は身元不明の客死を行旅死亡人と呼ぶだろ。それを俗な表現で、もしくはわざと雑に崩して、行倒れって呼んでるよな。でも本当は違うよ」

「どう違うんですか？」

「簡易宿泊所や公園での孤独死、あとは自殺、とにかく人知れず死んでしまって身元がわからない。

それが行旅死亡人。行倒れは行倒れだよ。どこかへ行く途中で力尽きて倒れ亡くなった人。そうじゃないかい？」

「ええ、そうですね。でもこの時代にいるんですか？」

「いるさ。現代は、特に都会では、昔がすべて過去のものとして扱われてるけど、けっこう今でも残っているもんだ。行旅死亡人という言葉を作れば行き倒れがなくなるわけじゃない。実際に俺は一回会ってる」

「で、その人とは顔が違うと……」

「そう。この仏さんは死ぬまで歩き続けた顔に見えない」

常務が浴衣を広げて言う。警察署の遺体はたいがい裸だ。可能な状態ならば浴衣を着せる。

「死ぬまで歩き続けた顔ってどんな顔ですか？」

普段は遺族がいらっしゃるので担当者が会話をし、助手は無言で手伝う。

「う〜ん、苦しみもなく穏やかでもない、って感じかな」

「その人は、なぜ亡くなったんですか？」

「手首に幾つも浅い傷があって、山の中を彷徨ってたんだから、消極的な自殺だろうな。自殺には否定的な考えを持ってた俺も、この人は仕方ないかなって思ったよ」

「仕方ない？」

「芥川龍之介が自殺した時に、志賀直哉が言ったらしい。芥川君は仕方ないかなって」

「文学も詳しいんですね」

「全然。我孫子には志賀直哉がしばらく住んでたもんでさ、この界隈で育つと嫌でも聞かされるんだよ。……たまに坊さんが通夜の法話で言うだろ、還る、って。そのニュアンスがわかった気がしたな」

「常務は仏教徒ですか？」

「実家は一応真言宗で、弘法大師だな。あじの子があじのふるさと立ち出でてまた立ち還るあじのふるさと、ってね」

「…（あじの子って何の子？）…」

「あじ、たって魚じゃないぜ。梵字の阿の字って意味。命の素ってところかな。この人はやり直しに行ったんだと、その時は思ったたな。自殺ってより自裁だ。でも今日は、この仏さんはさ、そんな風に見えない」

「どこにいたんですか」

「林の中。街道を脇道に入った社の軒下だってさ」

「それにしてはきれいですね」

「だろ？ そうなんだよ。近くに無人とはいえ駅があるんだよね。そこに降りて、どこかへ行く途中だったのかなぁ」

二人で遺体をストレッチャーに移した。

「あ、その紙袋も持ってきて。処分を頼まれちまった」

遺体が着ていたのだろう。作業ズボンの脚が覗いたのと紺のジャンパーが鈍く光るのと、二つのパンパンに膨らんだ紙袋が壁に寄りかかっていた。無造作に取っ手を掴んで持ち上げると、片方の袋が大きく裂けて、中の衣類が床に散らばった。

「あ〜あ、横着するから」

「すいません」

慌てて掻き集める。水色の作業服上下、靴下、ラインの入った白いサッカーユニフォーム、背番号11。検視時に脱がすためか、前が十字に切り開かれている。

「あっ！」

僕は大声を挙げていた。それを見て思い出したのだ。

「クローゼだ！」

「えっ、なに？」

「僕この人知ってます。クローゼです。山谷のクローゼ」

「え？　山谷のクローゼ？　山谷ってあの山谷？　泪橋のある？」

「はい」

「じゃあ、ボクサーか？　あしたのジョーに出てくるマンモス西みたいな。クローゼ佐藤とか」

「いいえ、ボクシングじゃありません。サッカーです」

「サッカー？」

「はい、ドイツ代表」

「ドイツ代表？　俺にはコテコテの日本人に見えるな」

「ええ、日本人でしょう。でもクローゼ……ドイツ代表なんです」

「なに言ってんだかさっぱりわからないよ」

自分でもなにを言ってるのかわからなくなっていた。

「車の中でゆっくり聞こうか」

遺体と遺品を寝台車に安置し、会社へ移動する道中でこう説明した。

上方からきた古典落語『青菜』に柳蔭という酒が出てくる。焼酎と味醂を合わせた江戸時代のカクテルで、夏場の暑気払いと栄養補給に冷して呑んでいた。同じものを、江戸では〝直し〟と呼ぶ。その命名にも温度差が感じられるように、現代では関西地区にひっそりと残っているのみと信じられていた。関東で見かける機会はまずない。それが山谷で呑める、柳蔭じゃなく直しだとの情報が入り、後学のため噺家仲間と呑みに行った。

夏場のまだ外が明るい時分で、我々以外はカウウンターの奥に二人いるだけだった。そこそこ年配の二人連れなのに、着ているシャツが共にサッカーのユニフォーム。一人は緑のアイルランド代表、もう一人は白地に黒の三本線、ドイツ代表だった。

２００２年日韓ワールドカップの時に、各国からやってきたサポーターが、格安宿泊施設の豊富な地域として山谷近辺に集まったのは聞いていた。もらったものか捨てられたものか、はたまた大量に製造して余ったのが流れてきたか、いずれにしてもその頃に入手したものであろう。スポーツ用のシャツは丈夫にできているから、十年やそこらは軽く保《も》つと思われる。

途中でトイレに立った朋輩が、帰ってくると嬉しそうに声を潜めた。

「本物だよ、アディダスの本物。ちゃんと２００２のライセンスロゴがあった」

「へえ」

「片方には名前と背番号も付いてる」

「え、誰？　何番？」

「それは自分で確かめなきゃ」

僕もトイレに行った。後ろを通り過ぎざまに横目で見た。ドイツ代表は11番、クローゼだった。アイルランド代表はベンチ入りできなかったとみえ、背番号も名前もなかった。

クローゼは２００２年の日韓ワールドカップに来日し、札幌でのハットトリックを含む５ゴールを挙げたドイツのストライカーだ。次回２００６年の自国開催では得点王になった世界有数の点取り屋である。

あまりのミスマッチにウケてしまった我々は、てらいもけれんもなくドイツ代表ユニフォームを着こなす紳士へ、「山谷のクローゼ」なる敬称を進呈したのだった。

僕の話を聞き終わった常務は言った。

「山谷のクローゼ氏か、可能ならば本人の名前で弔ってあげたいもんだね」

「はい、無縁仏では気の毒です。……警察に言ってみましょうか？」

「簡単じゃないぞ。一度しか会っていない人を、牧村君は間違いないって言えるかい？」

その通りだった。それでなくても僕は、人の顔を覚えるのが苦手なのだ。今回もユニフォームで思い出したのである。

「自分達のした仕事を否定された上に、新しい仕事が増えるのは誰も喜ばないよね。特にお役所関係の方々は」

それも、その通りだ。僕は返す言葉がなく、どうしたらいいのかどうしたいのかすらわからなかった。僕にできたのは、検視の際にズタズタに切られてしまった11番のユニフォームを、畳み直して入れてあげることだけだった。

その人がもう一度話題に上がったのは、ホールの霊安室に安置し香を供え、事務所に戻った時である。受話器を掴んだ常務が僕を見た。

「これから火葬の予約を取るんだ。どうする？」

「……？……」

「探してみるかい？」

「……？……」

「山谷のクローゼ氏が生きた証しだよ。俺が手伝えるのは火葬を遅らせるくらいだ。日程調整は一任されてる。そうだなぁ、三日。不審がられずに済むのは、目一杯でそこまで。調べてみるかい？名前さえ判明すれば、警察だって動いてくれるだろう」

「ハイ！　やります」

反射的に答えていた。山谷の居酒屋のカウンターでビールを呑んでいたクローゼ氏の顔が、おぼろげに浮かんできた。決して裕福ではなかったのだろうが、幸せそうに見えた。仲のいい友だち同士に見えた。せめてあのアイルランド代表には、亡くなったのを知らせてあげたい。僕はある種の使命感を覚え始めていた。

「そうか、やるか。さっき霊安室で線香あげる時にあんまり神妙な顔してるんでさ。俺も教わったよ。あの仏さんの顔が、無縁仏じゃないって訴えてる気がしたよ」

「はい、僕もそう思います」

「でも東京の人探しは難しいだろ。どうする？　探偵事務所にでも頼むかい？」

冗談めかした言い方だったが、それが天啓となった。

「そうですね、そうします」

「えっ、そうしますって、探偵事務所なんか知ってるの？」

「はい、知ってます」

その先は心の中で言った。「（ダヴネスト探偵局ってのを！）」

僕は通夜の司会終えると日暮里まで行き、未也子のマンションを訪ねた。

「は〜い」

インターホンから間延びした声が応える。

「俺だよ」

「買ってきてくれた？」

「買ってきた。買ってきたから早く開けてくれよ。寒いよ」

メールで所在確認すると、コンビニでおでんを買ってくるなら寄ってもいいと言う。注文は大根と玉子とスジとガンモドキ、子どもの頃から好みが変わらない。成長のない奴だ。……実家のおでんにスジは入っていなかったが。

未也子は旅（地方の仕事を指す）でもらった酒を置いて待っていた。松が取れた一月後半は、日本中あちこちで落語会が催される。

「おまえ、青菜やるっけ？」

僕は一息つくと訊いた。

「青菜？　持ってない」

「ニンに合わないか？」

「う～ん、あの噺は女房が利いてるでしょ？　却って女には難しいと思うんだよね」

「それはあるかも知れないな」

「なあに？　青菜を持ってるかどうか訊くために、わざわざおでん買ってまで来たの？　それにしても、コンニャクとちくわぶとジャガイモとイカ天か……、子どもの頃とおんなじ。お兄ちゃん成長しないわね」

「…………」

「ウチのおでんにジャガイモは入ってなかったけどさ」

「おでん種はどうでもいいんだよ。おまえ柳蔭呑んだことあるか？」

「柳蔭？　それで青菜か。あれって味醂と焼酎でしょ。私、甘いお酒は好きじゃないのよね。これだってさ、大吟醸は口に合わないから減らなくてさ、で、お兄ちゃんに出してるんだもん」

「……（そうだったのか）……」

「なんでお酒くれる人って大吟醸が好きなんだろ？　必ず言うのよ、フルーティで呑みやすいですよって。お酒は普通の辛口をお燗して呑むのが一番おいしいのに」

ワイン党だったはずが、芸と同じでだんだん師匠に似てきた。

「おまえみたいな酒呑みばかりじゃないからね、特に女の子は」

「あ、もしや仕事？　青菜やる人探してんの？　憶えてもいいわよ」

「探してるのは、青菜やる人じゃない。そっちの仕事じゃないんだよ」

僕は、〝山谷のクローゼ〟氏との出会いを話し、そのあとの再会も語った。

「じゃあ、ダヴネスト探偵局への依頼なのね。本当に人探しかぁ、もっと華やかな事件のほうが、私には似合うのになぁ」

「なに言ってんだ。実際の探偵の仕事は地味なものだと聞いたぜ。人探しは探偵の基本だよ。師匠だって言ってただろ、探偵の探は探索の探だと」

「……仮に見つけたとしてさ、お兄ちゃん、その人の顔を見てわかるの？」

「それなんだよ、問題は。俺ブラピだからな」

「ええっ。今、とんでもないこと言わなかった？」

「あれ、知らないか？　ブラッド・ピットはね、俺と同じで、人の顔おぼえられないんだって」

「お兄ちゃんは、単に物おぼえが悪いんでしょ。どんな事情があろうと、俺はブラピだって表現は、天が許しても私が許さない」

「……（コイツの面喰いは暴力的でさえある）……」

「あ、そうか、会ってもわからないから捜索より探索に近いのね。で、報酬は？」

「それが柳蔭」

「柳蔭一杯でコキ使おうっての？」

「二杯でもいい」

「そこじゃないでしょ。だいいち労働基準法違反よ」

「じゃあこっちも言わせてもらうぜ。おまえ、アイリスホールで落語会やるだろ？」

「ばれた？　どうやら本決まりになりそうなの」

「情報提供料をくれたってバチは当らないんじゃないかね」

「あらっ、お兄ちゃんには出てもらうつもりでいるのよ。ギャラとして渡せるでしょ？」

「へっ、お気遣い畏れ入りますね。でも俺は出らんない」

「どうして？」

「想像してみろよ。昨日まで沈痛な顔して葬儀の司会やってたやつが、バカな噺をして笑わせるんだぜ」

「笑わせらんないかもよ」

「そりゃたしかに……って、そういう問題じゃないだろ！　（お約束だ）、逆なんだよ。高座で顔を憶えられたら、葬儀の司会ができないだろ、って言ってんの」

「そのホールには行かなきゃいいんじゃん」

「そうはいかないんだよ。お得意さんなんだ」

「経済的に困るの？」

「それもないとは言わないよ。でもそれだけじゃないんだな。奥まで知ると、あの仕事は面白いっつうか、勉強になるんだよ。中でも、その分野が多い業者さんなんだ」

「あらっ、及び腰だったくせにずいぶん気に入っちゃったのね。やっぱ、昔の儀礼や風習の参考になるんだ？」

「いや。人は悲しいとどう振る舞うのか、寂しいってのはどういう感情か、諸々を考えさせられるよ。いかにステレオタイプで人間を演じていたか日々反省してるよ」

「めずらしく殊勝じゃない」

「そりゃそうさ。この世で取り返しがつかない出来事はそうそうないからな。家族の死は、間違いなく、その数少ないうちの一つ、誰だって譲れないじゃないか。ほらっ、よく落語は世間の縮図だと言う人がいるだろ。あれは間違い。世間の縮図は葬式だよ」

「じゃ、落語は？」

「そう……、浮世の箱庭かな」

「ふ～ん。その縮図を学べる場を失いたくないと」

「まぁそういうこった。あ、信じてないだろ。おまえねぇ、普通の田舎のおじさんがつっかえつっかえする挨拶を聞いてみな。心が動くよ。間がどうした、滑舌がどうしたなんて恥かしくて口にできないよ。言葉ってのはテクニカルなもんじゃないぜ」

「わかったわかった。要するに、自分は出ないから、その分を紹介料として探偵費用に充てろって言いたいんでしょ」

「わかりゃあいいんだ」

「でも期限が三日じゃあねぇ。明日は楽日じゃない、師匠の芝居だよ、お兄ちゃんだって打ち上げ出るんでしょ？　事実上二日よね。私は昼もワキがあるし……明後日は浅草の初日だし……」

「打ち上げやるかな？」

「そりゃやるわよ。師匠はそのために寄席出てるようなもんだもの。いずれにしろ、二人じゃ無理ね」

「だよなぁ。ベニーちゃん、手伝ってくれるかな。それから井山も」

「ベニーは明後日から池袋の昼席って言ってた。この芝居は休席だったはず。井山さんは仕事なんじゃないの」

「……それなら仕事でやってもらうしかないな」

僕は井山の携帯を呼んだ。

「おお、俺だ。今いいかい？」

「久し振りすね、いいすよ」

「最近、孤独死が問題になってるよな。君はどう思ってる？」

「なんすか、急に」

「無縁社会について、貴紙の見解をお尋ねしたいんだ」

「そりゃあ大きな問題だと認識してますよ。どこの新聞社もそうでしょ。なにか企画モノを考えなくちゃいけないんすよねぇ」

「そうか。よし、それならその企画と情報を教えてやるよ」

「ホントすか？　是非お願いします」

再び僕は、山谷のクローゼ氏について語る。

「……それのどこが企画で、どこが情報なんすか？」

「ニブいねぇ。都会の片隅でひっそり暮らす紳士が、なぜ千葉の山中で死ななくてはならなかったのか？ それをドキュメントタッチで追うんだよ。親友の嘆きを伝えるんだよ」

「親友って、一緒に呑んでるのを一度見ただけでしょ？」

「おまえ冷たいねぇ。東京沙漠で兄弟同様の付き合いをしていた親友なんだよ。生まれる時は別々だけど、死ぬ時は別々って仲なんだよ」

「どっかで聞いたようなフレーズだなぁ。とにかく今は忙しいんすよ」

「井山、いいのか？　まだペナルティ払ってないだろ？」

「なんすか、ペナルティって？」

「これはな、ダヴネスト探偵局の仕事なんだ。あの郵政民営化盗難事件の共犯者に断る資格はないんだよ。知ってるだろ、凶悪犯罪の時効は撤廃される」

「誰が凶悪犯ですか！」

「いいんだよ細かい点は。局長を出すぞ」

目の前で未也子が自分の鼻を指して目を瞠り、手を左右に振った。僕が片手で拝む。息を一つ吐くと、未也子が携帯を受け取った。

「ごぶさたです。未也子です。ええ、お蔭さまで。そうなのよ、あいかわらず変でしょ。古い話まで引っ張り出しちゃって。ええ、そう。でもね、今回は妙にテンション上がってるのよ。人助けでもあるし、受けちゃったのよ。ついては、どうしても井山さんの存在が必要なの。いい？　ホント、ありがと。でね、明日は私、仕事でだめなの。明後日も寄席に入ってるから、早くても一時かな。はい、わかりました。それじゃあ、一時半に。バッハ？　バッハってあの音楽家のバッハ？　うん、それは大丈夫だと思う。お兄ちゃんに聞いとく。じゃ替わるね」

「ああ、俺だ」

「もおぅ先輩、未也子ちゃんがいるなら初めからそう言ってくださいよ」

「でも忙しいんだろ?」

「話は最後まで聞いてください。忙しい、けれども、ねっ。けれども、社会の木鐸たる新聞社に籍を置く者として、孤独死の問題を見過すわけにはいかない。ましてや、先輩の頼みとあらば是非もない、そう言おうとしたんですよ」

　軽薄だ。あまりに軽薄だ。きょうび幇間《たいこもち》にもいないほど軽薄だ。

「それはそれは、ありがとうございます。ところで、バッハってなんだ?」

「喫茶店です。コーヒー専門店ってのかな。有名です、つうか山谷ではそこしか知らないんすよ。泪橋の交差点からマンモス交番の方へ向かうと、交番を過ぎた右側にあります。わかりますよ、行けば」

「了解。そんじゃ明後日よろしくな」

　僕が切るのを待って、今度は未也子が携帯を取り上げ発信しようとして思い出したように手を止め、そのまま僕に差し出した、空いているほうの手を、である。

「なんだ?」

「携帯。ベニーにかけるから」

選択肢も反問する隙もない。

「あ、ベニー？　私。なあんだはないでしょ、あのさぁ……」

窓が白く曇っていた。指で太い線を引いた。電話で話す未也子が映った。その向こうにベニーも井山も見えた。僕は一人じゃない。だからこそ、あの人の名前を、常務が言っていた彼が生きた証しを探し出さなくては。

「うん、それじゃあ、本人に替わる」

携帯が差し出された。反対の手の親指と人さし指で丸ができていた。

「右女太です。ごめんね姉さん、変な仕事に巻き込んじゃって」

「いえ、面白いって言っては失礼だけど、興味あります。池袋の出番は偶数日なので明後日もあいてます。柳蔭呑んでみたいし、青菜もやりたいと思ってたんです」

「ありがとうございます、そう言ってもらうと助かります。柳蔭ご馳走しますよ、姉さんの青菜のために。それじゃあ、よろしくお願いします。待ち合わせの場所と時間は、後程メールします。おやすみなさい」

うん、明日の僕も一人じゃない。

「ねえ、手がかりはあるの？」

末也子がグラスを干して言った。

「切られちゃった例のユニフォーム。それから、胸にネームの入った作業服を借りてきた。青木建設だったかな」

僕もグラスを空け、冷たくなったちくわぶに箸を突き立てて答える。

「まず、それね、青木建設。物証があっても警察は見つけられないの？」

「物証って、事件じゃないんだぜ。今の時点では、身元不明遺体にすぎない。それも、行方不明者に該当のない、ね。あとは官報ってのに特徴を掲載して、連絡を待つ」

「そうか、そうよね。でも明日は二人だし、まずそこあたってよ。明後日、集まった時に計画立てましょ。あ、それ半分ちょうだい」

僕が箸で切ったちくわぶを凝視していだ末也子は、ためらいもなく大きいほうに自分の箸を突き刺すと酒の瓶を取り上げ、自分のグラスを満たした。そして、いつもなにかしら入っているように見える口元をモグモグさせ、例の癖で、グラスを両手で握り締めた。

告別式の司会を終えて南千住の改札を抜けると、ベニーはすでに待っていた。若い女性が遊びにくる街ではないせいか、眉が下がってキョロキョロしている。僕を見つけていつもの顔に戻り手を振った。

「すいません、姉さん。寒いところわざわざ」

「いいんです。探偵は一度やってみたかったし。でも一つお願いがあります。今日は姉さんはやめてくださいね。探偵の時は相棒のベニーです」

駅を出て歩道橋に上がる。まともに凩が吹きつけてきた。ピーコートの襟を立てる。さすがはロイヤルネイビー、機能的にできている。道具（海軍ではコートだって武器と言わないまでも大事な道具であろう）は、必要にならなければ性能も価値もわからないものだ。

ベニーが「さむ～い」と身体を寄せてきた。うん、悪くないシチュエーションだ。僕は、緩みそうになる顔を、目を細めて留めた。

「右女太さん、スーツ似合いますよね。噺家とは思えない」

「それは褒められているんでしょうか？」

「もちろんですよ。ウチの師匠のスーツ姿なんて歳のいった七五三です……あれっ、なんだかお香の匂いがする」

そうか、ベニーには副業を教えてなかったんだっけ。相棒には話さねばなるまい。前方の横断歩道の信号が赤に変わった。

「姉さ……ベニーちゃん、あしたのジョー、って知ってます？」

「はい。アニメから実写の映画になったやつですよね」

「そうです。あれの舞台がここなんですよ。ほらっ、泪橋」

僕は信号の地名札を指差した。

「……サンズイに目のなみだって、せつないな」

「ベニーちゃん、これから、その泪を流すかも知れない人を探さなくちゃいけないんです。まだ詳しい話をしてませんでした。手伝ってもらうのに、言っておかないのは失礼ですよね」

ベニーは驚いたように僕を見つめたが、すぐにいつもの笑顔に戻って首を振った。

「いいんですよ。話しにくいなら」

「ううん、ぜんぜん。ぜんぜん、そんなんじゃないんです。いかに本業で売れていないかを吹聴するみたいだから恥ずかしくって」

僕はかいつまんで葬儀司会の顛末を語った。ベニーは黙って聞いていた。やがて「知ってました」、と笑った。

「姉さんに聞いてました。あたし、仕事に本業も副業もないと思います」

「そうですか……そうですよね。匂いがついちゃうのを除けば、ホントにいい仕事なんです」

「いいじゃないですか、匂いも。抹香臭いって言葉の意味がわかって」

「ああ、ものは考えようだ。ありがとう（……でも意味はわからないと思う）」

第一の手がかり、青木建設には簡単に到達できた。何人もが一人分を囲って寝ているアーケードと並行した細い通りに、事務所はあった。

応対に出た専務（息子っぽい）は、作業服を見るなり、「無理だと思うよ」と言った。

なにが無理なのだろう。

「それ、配っちゃったんだ。この間もどっかから問い合わせがあったって言ってたな……あれ、おたくさんたち？」

専務はチラチラとベニーに目をやり、言葉を継いだ。こういうタイプの人は、不思議にみんな髪の毛と不精髭の色が違い、柔らかい話し方をする。

「誰に？　その時働いてた人達にだよ。もうずいぶんになるなぁ」

「その人達に訊いてもらうわけには？」

「それが無理だと思う、って言ったんだ。社員じゃないし。昔の映画やテレビとは違って、同じ人に働いてもらうことが多いんだけどさ、それでも深い付き合いはないからね」

ベニーが一歩進み出た。

「どこか皆さんが集まるような場所はありませんか？」

「最近は聞かないなぁ。でもさ、仮にあっても名前がわからない、写真もないんじゃ捜しようがないんじゃやない？　不可能だな」

僕らは礼を言って踵を返した。自分がやろうとしている探索の無謀さを知った。難しいのはわかっていますと、大見得を切った世間知らず振りを呪った。この都市には、数え切れない人々がいる。ましてや、僕は余所からきて彼らに出会ったのだ。彼らも余所から来ていたなら、僕は東京中を廻らなければならない。僕が本当にわかっているのは、もしそうなら専務の言葉通り不可能、冷徹な現実だけなのだった。

目撃した居酒屋は明日行く予定になっていた。未也子に考えがあるらしい。ダヴネスト探偵局に依頼した以上、局長には逆らえない。どうもあいつにはこの分野に才気が感じられる。僕とベニーは、飲食店や簡易宿泊所、人の集まりそうな場所を歩いた。そこでバッタリ尋ね人に会えると思ってはいなかった。とりあえず歩いた。行だった。それ自体は意味を持たない作業だった。なにかに衝き動かされ、もしくはなにかに引きずられ、歩いた。

暦の上の春の日は傾いていた。薄闇になり、アーケードで眠る人が、かえって穏やかに見えてきた。どこかに、希望的観測ではこの街のどこかに、僕の探す人はいるはずだ。僕はその人に悲しい知らせを届けるため、寒風の中を歩いている。さっきからベニーは口を開かず、僕のコートの肘を掴んでいた。

「ベニーちゃん、探偵も楽じゃないですね」

「はい。それより、寝ている皆さんは寒くないんでしょうか？」

僕はおざなりに、「あんがい暖かそうですよ」そんな気休めは言いたくなかった。暗くなって、人の輪ができていた。昼間感じた孤の空気はなくなっていた。

「ベニーちゃん、水元公園って知ってますか？」

「えっ？　はい。葛飾区の、たしか亀有の先ですよね」

「そうです。あそこでね、カラスのお弔いに遭遇したんです」

「カラスの？」

「ええ。あの公園は広くて、森の中に遊歩道があるんですよ。菖蒲祭りの時だったかな、脇道の奥で、カラスが数羽、地面の上で輪になってたんです。何もしないで真ん中を見つめてた。何だろう、って一歩踏み出したら、みんな近くの低い枝に飛び上がったんです。そこには一羽のカラスが横たわってたんですよ。遠目にも死んでるのがわかった。僕は黙礼して、去っていくしかありませんでした」

「………」

「仲間の死を悼む、ってのは儀礼や道徳じゃないと思うんです。残された者が自然としてしまう行為じゃないかって、そう思うんです。今回こんなに落ち着かないのは、胸がざわざわするのは、そのせいじゃないかと……。いずれは僕らも送られる立場になりますし」

今日の探索は無駄ではなかった。なぜって、今まで形すら見えなかった自分の心が、一瞬ボーッと目の前に立ち上がったのである。

「ベニーちゃん、ご飯にしましょう」

アーケードを抜けると、浅草へ続く大通りを左へ曲がる。『土手の伊勢屋』は相変わらず混んでいた。人は、お腹がすくと泣きたくなるものだ。特に目の前においしい物があって、それを他人が食べている時には。

ようやくテーブルが空き、二人の前に天丼が運ばれてきた。強張っていたベニーの顔がほころんだ。

「うわぁ大っきい。あたし一度食べてみたかったんです」

「すいません、これくらいしかお礼ができなくて」

ベニーは首を振ると、丼を顔の前に差し出し（ん?）、ゆっくり目の高さまで上げる。（ああ）僕も丼を持ち上げた。軽くぶつけると、ゴツンと鳴った。

「お疲れ様でした」

「きっと明日は見つかります」

「ハイっ」

「食べたあと、もう少し廻ってみましょうよ」

天ぷらと汁の浸み込んだご飯を頬張る。瞼の裏がしびれて重くなってきた。悲しみでも徒労でも空腹でも、それに耐えている間は泣けないものだ。転んだ子供だって助け起こされてからしゃくり上げる。

「おいしい」

「よかったです」

二口目にかかろうとした時、テーブルの上に置いた携帯が震えた。ベニーが大きく開けた口を閉じて確認する。

「姉さんだ。心配してますよ」

箸を置くと返信を打ち込み始めた。

「寄席からですか？」

「はい。楽日で打ち上げあるんですよね。右女太さんも行くんでしょ？」

「ええ、すいません、呼び出しといて。そうだ、姉さんもきませんか？　師匠も喜びますよ」

「そうはいきません……あ、またきた。……ん？　あたしに渋谷に向かってくれですって」

「渋谷？　なんだそれ？」

「さあ？　詳しくはまたメールで知らせるそうです」

「あいつ、なに考えてんだろ？」

「渋谷なら途中まで一緒に行けますね」

いくらなんでも、僕が一人で乗り換えできるか心配したわけではないだろう。渋谷でどんなミッションがあるのか？　寄席で確かめねばなるまい。とりあえず今は天井だ。

新宿三丁目で降り、楽屋に入ると、師匠は着替え終わっていた。高座では、ヒザ前の侘助師匠がマクラを喋っている。トリの前に上がる色物さんを膝替わり、通称ヒザと呼び、その前を務める噺家がヒザ前である。この芝居の膝替わりは太神楽曲芸の社中だが、まだ二階から降りてきていなかった。サッカーの代表戦があり、打ち上げに行く師匠方も二階でテレビを観ているらしく、楽屋には師匠と未也子と前座とお囃子のおっしょさんしかいない。僕は前座の挨拶を受け、おっしょさんに挨拶し、改めて師匠の斜め前に座る。

「師匠、遅くなりまして申し訳ございません」

「おう。忙しいのはなによりだ」

未也子は壁際ですましている。立前座が根多帳を師匠の前に広げた。師匠が向き直って「ありがとう」と声に出し、僕を見て手招きをした。にじり寄る。

「めっかったか？」

「いえ」

師匠が、ウンウンと頷いた。誤解が生じないよう、師匠には予め大筋で話してある。

「明日も行くのか？」

「はい。最初は興味本位だったんですが、今は本当に身元を調べたい。本名で弔ってあげたい、そう思うんです」

「そうか」

「はい。浮世の兄さんですから」

「浮世の兄さんか」

前座がお茶（白湯）を運んできたので、僕は末也子の隣に移動する。

「渋谷ってなんだよ？」

前を向いたまま訊いた。

「明日のお楽しみ」

末也子も前を向いたまま答えた。

太神楽の社中の足音が聴こえ、話は持ち越しになった。僕は高座を見ようとおっしょさんの隣で中腰になる。突然、拍手が鳴った。長いマクラだと思っていたら、小噺で降りてしまった。おっしょさんが急いで三味線の調子を合わせる。太鼓番の前座は間に合わず、立前座《たて》がゆっくり砂切《しゃぎ》っている間に駆けつけバチを受けとった。急に楽屋が騒がしくなる。侘助師匠が時計を見た。ウチの師匠もつられて見上げる。侘助師匠は大ベテランだ。

「師匠、ちょいと早いんじゃないですか？」

「いやいや、ヒザ前は古典落語やっちゃぁいけないんだ」

「そんなの初耳ですよ」

「そうかい？　楽日だもの、タップリやってよ。みんなお待ちかねだ。ねぇ親方」

佗助師匠が太神楽の師匠に振る。

「そりゃあもう。では、我々もトンで」

「勘弁してくださいよ」

トンは、軽くや短くといった意味合いでよく使う。師匠が大げさに表情を崩し、根多帳を見直し始めた。長めの噺に変えるのだろうか。この呼吸が寄席の魅力であり、怖いところなのだ。

寄席では、次々に噺家が出てきて違う落語を演《や》る。フィギュアスケートのようだと思う方もいるだろう。実際は同じように順番に出てくる形でも、フィギュアスケートより野球に近く、内容ならサッカーに近い。出番に沿った役割分担があり、それぞれの個性を活かしてボールを繋いでいくのだ。トリは、みんなで繋いだボールを最後にシュートするポジションなのである。以前、アイリスホールの常務が言っていた「司会者はピラミッドのてっぺんの石、他の石に支えられて一番目立つ位置にいる役なんだ」に似ている。

おっしょさんの伴奏と唄に乗って、太神楽の社中が賑やかに上がっていった。着物を脱ぐ佗助師匠の周りに前座が集まる。僕は脇から角帯を引いた。

「なんだい、いいよう」

「せめてこれくらい」

僕はゆっくり帯を畳んだ。未也子がシャツをもって待っていた。侘助師匠も、前座も、僕達も、寄席の空気を作る仄かな一員、ピラミッドの石の一つなのだった。

二月上席千穐楽《せんしゅうらく》、気温は一年で一番低い時期であろうが、寄席の中には春めいた風が吹いている。そろそろ「長屋の花見」が聴けるだろう。


「あ〜寒い」

入ってくるなり未也子はそう言うと、ダウンのベンチコートのまま僕の前に立った。紙袋とバッグを椅子に置く。途中で待ち合わせたのだろう、ダッフルコートを着たベニーが後ろにいる。黙って会釈したのをみると、口を開くのもためらうほど寒いのか。そういえば笑顔も震えている。それでもコートを脱いで抱きかかえ、「いいですか？」と僕の隣を目で指した。ぼくは手で制して立ち上がり奥の席を示した。

「姉さん、昨日はありがとうございました。コート、その上に置くといいですよ」

席の先は棚になっており、僕のコートが置いてある。ベニーはためらっていたが、

「気にしないで」

という声に励まされて重ねた。が、その声を発したのは未也子であり、重ねたのは僕のピーコー

トの上にたったいま置いた未也子のベンチコートの上である。

「ホント寒いな。あ、井山は遅くなる」

「しかたないわよね。きてくれるだけでも感謝しなきゃ」

「ずいぶん優しくなったじゃねえか」

「あら、私はいつでも優しいわよ」

ウェイトレスさんがやってきた。

「ここ、なにがおいしいんですか？」

暖まったベニーが、やっといつもの好奇心丸出しの笑顔になった。

「僕はバッハブレンドにしました。昨日は本当にお疲れ様でした」

「ううん、ぜんぜん。じゃ、あたしはマイルドブレンド」

「私はソフトブレンドにしようかな。……マイルドとソフト、どこが違うんだろ？」

未也子がメニューを返して首を傾げる。

「だめだったそうね、作業服」

「全然だめ。会社は電話帳ですぐわかったんだ。昔の作業服は、ロゴを変えた時にあげたんだと。その現場限りの人が多くてさ、社員じゃないし調べ様がないんだと」

「まぁそんなもんでしょ。簡単には見つからないわよ」

「刑事ドラマでも、初めは空振りですよね」

「そうよ。そして次の手でキッカケを掴む、と。やっぱり用意して正解だったわ」

未也子が紙袋をテーブルに載せた。

「お兄ちゃん、必要経費は出すんでしょうね」

「コーヒー代と柳蔭代は俺がもつ」

「そうじゃなくて、探索の経費」

「値段によりけりかな……何なんだ、それ?」

未也子が紙袋の中身を取り出した。シャツが二枚。白と緑、ドイツ代表とアイルランド代表のユニフォームであろうか。

「ベニーに渋谷のスポーツショップで買ってきてもらったの。安心して、レプリカだから値段はそれほどでもないわ」

「これで合ってますか? あたし詳しくないんで、姉さんに聞いた通り言ってお店の人に探してもらったんです」

ドイツ代表が背番号11番クローゼ、アイルランド代表が番号ナシ。

「はい、合ってます」

「よかった!」

「こんなの、よくあったな」

「年式が違うかも知れないけど、細かい点はみんな憶えてないでしょ」

「充分だよ。白地に黒いラインなら大丈夫。背番号11も付いてるし。うん、さすが局長」

「よろしい。お兄ちゃんね、ネットはね、メールとエロサイトのためにあるんじゃないのよ？」

「俺はヤフオクだってやる」

「なんで、そこを調べないの？」

「オークションじゃ日にちが間に合わないと思って……」

「あのねぇ、ヤフオクに出てるんなら、古着を扱うお店のサイトでも見つかるかも、って考えないの？」

仰る通りだ。

「やっぱさ、サッカーのユニフォーム着た年配の人は目立つんじゃないかな。ましてや二人一緒だったんだし。でも、口で説明したってなかなか伝わらないと思うの。ヴィジュアルで訴えないと」

仰る通りであろう。

「それを持って聞き込みに廻るんだな」

「なに言ってんの？　ヴィジュアルで訴えるって言ったじゃないの」

「へ？」

「着るに決まってるでしょ。お兄ちゃんがクローゼになるのよ。そのほうがわかりやすいでしょ？」

仰る通りかも知れない。

「でもそれ半袖だぜ」

「大丈夫、それ一枚で歩き廻れなんて残酷なこと言わない。ちゃんと大きいの買ってきてもらったわよ。セーターの上から着られるんじゃないかな」

「右女太さん運がいいですよ。白いほうはXO、３Lがあったんです。セーターの上でもバッチリ。寒い想いしなくて済みますね」

バッチリではない。ベニーよ、ダッフルコートを着ても自分の顔が固まってしまったのを君は忘れたのか。

「あの……、コートはどうすんだ？」

「南千住のコインロッカーにでも預けておこうよ」

「あ、そう（持たせてもくれないんだ）……。で、アイルランドのほうはおまえが着るのか？」

「私？　着るわけないでしょ、この寒いのに」

「……（そうだ、この寒いのに、だ）……じゃ、誰が？」

「そろそろくるんじゃない」

まずきたのはコーヒーだった。やがて、そのコーヒーを紹介してくれた男もやってきた。

未也子が手を振って、自分のバッグを取り上げ、置いてあった隣の席を叩いた。

「ここ、ここ。ゴメンなさいね。こんな寒い日に」

妹よ、その、こんな寒い日に、君はなにをやらせるつもりなんだ。

「なにを仰います。未也子ちゃんに、いや、局長にアナタの存在が必要なのと言われたら、南極探検だって行きますよ」

井山は満面の笑みである。その笑顔があと何分保つだろう。アナタの存在が必要なのは確かなのだ。南極探検ともそう遠くはない。

「じゃ、打ち合わせ始めましょうか。あのさ、勘違いしないように。私達が捜しているのはクローゼ氏じゃないのよね。もう一人の緑のシャツの人」

「粗忽長屋でいえば、行倒れてる熊さん似の人じゃなくて、八つぁんのほうだな」

「そう。で、お兄ちゃん、もう一人の名前は？」

「えっ、そっちは名前も番号もなかったんだ」

「じゃ、コードネーム考えて。緑のおじさんてわけにはいかないでしょ。私たちは横断歩道を渡る小学生じゃないんだから」

……(それは、緑のおばさんだ)……

コードネームと聞いてベニーの目が光った。

「カッコイイのにしましょうよ」

「そうですね、ぜひ。……００７、ジャッカル、レイヴン……」

井山も乗ってきた。まだ、自分が緑のおじさんのレプリカになると気付いていない。

「お兄ちゃん、アイルランドで有名な人は誰なの？」

「う～ん、アイルランドの選手はよく知らないんだ。一般的な名前ならパトリックかな。セント・パトリックデーっていう祭日があった。アイルランド所縁の聖人かな」

「パトリックデー？　バレンタインデーみたいなものですか？」

とベニー。

「ああ。ハリソン・フォードが逃亡者の中でパレードに紛れ込お祭りですね。追いかけるのが缶コーヒーのCMでお馴染み、宇宙人ジョーンズこと、トミー・リー・ジョーンズ」

着想が、映画好きの井山ならではだ。

「カナダでもパレードはやっててさ、その日はなにか緑色のものを身に着けるんだよね。アイルランドのユニフォームも緑だろ。実際に多いかどうかはともかく、パトリックはアイルランドの太郎やジョンといったポジションじゃないかな」

「パットね？」

末也子が言ったその時、ガチャンと音がした。隣のテーブルだ。

「そうだったのね！」

穏やかにコーヒーを飲んでいた中年夫婦の奥さんのほうであった。我々を見ている。

「どうしたんだよ、おまえ」

亭主らしき親爺は心配顔だ。我々はもっと心配である。我に返った奥さんが、カップを点検する。

「あらっ、ごめんなさい。つい」

「つい、どうしたんだよ？」

亭主が我々への言い訳として訊く。

「やっとわかったの、パット・マッグリンが浮いてた理由」

「パット・マッグリン？」

亭主が代表として訊く。

「あなた知らないの？　ベイシティローラーズよ」

「ベイシティローラーズ？」

今度は我々が直接訊く。亭主は納得しているからだ。ジェネレーションギャップが露呈する瞬間に遭遇した。

「私たちが中学生の頃流行ったバンドがあるのよ、ビートルズの再来と言われてね。タータンチェックのシャツやパンツが似合ってて、カッコよかったのよ」

奥様が、七・三の構えで言う。我々が七である。

「うん、ズボンが短めでな、ダブルの折り返しがチェックになってて、俺たちも真似したもんだ。俺はあいつらのお蔭でサタデーのスペルを覚えられたんだ」

「サタデーナイトね」

エス・エイ・ティーユーアール……夫婦そろって呟いている。不気味だ。それにしても、この親爺の短めズボンでは一般人のハーフパンツと大差あるまい。

「中でも私はパットが好きだったのよ、パット・マッグリン」

「憶えてないなぁ」

二人の世界に入ってしまった。

「中途加入だったのよね。私、浮いてるのはそのせいだと思ってたの。でも違ったのね。一人だけアイルランド人だったのよ。タータンチェックってスコットランドのデザインでしょ？　可哀そうに、アイリッシュなのにタータンチェックを着せられて。あのブルーな目はそのせいだったのね」

「それは気の毒だ。で、そいつが俺に似てたわけだな」

妻はメンデルの法則を一顧だにせず、夫も、妻の主張とその他諸々を信じて疑わない。疑ったほうがいい、自分に似ていたという決めつけだけでも。

夫婦は時空を超えてしまい、我々の存在を忘れて話し込んでいる。自宅へ帰ったら、セーラー服と学ランを引っ張り出しそうな勢いだ。

井山が顔を寄せ、声を潜める。

「苗字がマッって詰まるのは、スコットランド系にも多いですよ。誰それの子供って意味です」

「えっ、ほんと。ポール・マッカートニーやダグラス・マッカーサーもそう？」

ベニーよ、的確で適格な人選だが古いぞ。音楽好きでアメリカ好きな紅作師匠の影響か。

「はい。カートニーとアーサーの子供でしょうね」

「じゃあ、メジロ・マックイーンは女王の子供？」

「……わかりません」

妹よ、彼は北海道系だ、それ以前に馬だ、そして二次使用だ。まず、スティーヴ・マックイーンを問え。情けないが、これも自分の師匠の影響であろう。

「じゃあ、じゃあ、パソコンのマッキントッシュは？」

己の愚かさに気付いた未也子が、赤面を誤魔化し改めて訊く。兄の出番がきた。

「ロゴのモデルになったリンゴを作った人だか見つけた人の名前じゃなかったかな。カナダ人だと自慢してる奴がいたよ」

「じゃあ、じゃあ、じゃあ、ハンバーガーのほうのマックは？」

と、再びベニー。

「ドナルドの子供ですかね。向こうの人の発音だと、マクドナルドってより詰まる感じじゃないですか？　なぁ井山」

「ええ。他の苗字、例えばダイ・ハードの主人公のマクレーンや、バックトゥザフューチャーのマクフライ、カッコーの巣の上でのマクマーフィ、みんな台詞を聴くと詰まってますね。ちなみに、マクマーフィを演じたジャック・ニコルソンのニコルソンとはニコルの息子」

「へーっ、おもしろ～い」

女子二人がハモっている。

「ねえねえ、じゃあ苗字もつけよっか？お兄ちゃん、アイルランドっぽい苗字って？」

赤面を紅潮にすり変えて未也子が言った。相変わらずのミーハーである。

「アイルランドっぽい苗字？　マック以外なら……うん、確か頭にオが付くんだ。井山、映画関係でいないか？」

「そうすねぇ、う～ん……ああ、ライアン・オニール」

「それって、メジロ・ライアンも仲間？」

違う！　オが付くって言ったじゃないか！　新たな愚かさを露呈している。とにかく、北海道系で馬で二次使用はよせ。町内離れろ、妹よ。尚、彼はメジャーリーグの奪三振王ノーラン・ライアンからの命名だ。ラブコメの女王メグ・ライアンじゃあないぞ。

「あのう、苗字のほうですけど」

井山が控えめに訴える。

「……そうだった……ライアン・オニールって、その人も映画関係？」

「はい、ある愛の詩の主役です。恋人役がスティーヴ・マックイーンの元妻アリ・マッグロー。これにも宇宙人ジョーンズが出てまして、ルームメイトの役でしたね。ほら、♪チャラ・ラ・ラ・ラ♪っていうテーマ曲は知ってますでしょ」

「……ごめんなさい。わからない」

井山、その音程では映画を観た俺にだってわからない。

「おかしいなぁ。テイタム・オニールのお父さんですよ、がんばれベアーズの。ペーパームーンでは親子共演してま……」

〝ガタン！〟

また隣だ。今度は夫が椅子の点検をする番のようである。

「ちくしょう」

「あんた、どうしたの？」

「あいつだよ、マッケンローの奴だよ。ちょいとばかしテニスが上手いからって、さらっていっちまったんだ」

「そうか、結婚したのよね、テイタム・オニールと。あんたファンだったの？」

「うん、俺は昔から顔のぽっちゃりした子が好みだったんだ」

「はは〜ん、それで私と結婚したのね」

奥様、あなたの場合、顔がぽっちゃりとは言わないと思う。単にぽっちゃり、もしくは、すべてぽっちゃりなのだ。

「そういえば、私、似てるって言われたかも」

疑わない夫婦である。……そうだったのか、この奥様がテイタム・オニールに似ているのか。まだ見ぬパット・マッグリン氏と亭主との似具合も、おそらく同じであろうと推測される。

夫婦は、小さな羞恥と大きな勘違いに上気し続けていた。今夜はテニスウェアと野球のユニフォームにも、出番がきそうな雲行きである。

我らはサッカーのユニフォームに戻ろう。

「あの親爺はオニールって顔じゃなかったなぁ。どっちかてえと、オニガワラ」

「……お兄ちゃん、つまんない。あ、あれは？　オブライエン」

「なんだそれ？」

「ケイコ・オブライエンよ」

「ん？　おふくろの芸名か？」

吾母の名は牧村敬子である。

「スタートレックですね。熊本出身の植物学者だ。ドラマ版でした」

井山が身を乗り出す。

「それ。お母さんと一緒に観てた時に出てきてさ、国際結婚について話し合った記憶がある」

母娘《おやこ》でなにをしているのだ、吾肉親は。

「あのシリーズ、面白かったですよね」

ベニーも入ってくる。

「師匠に無理やり観せられるヨーロッパ競馬のビデオにも、やたらとオブライエンが出てきたような……アイルランドだったかも。井山さん、どう？」

「競馬はわかりませんが、ケイコ・オブライエンの夫は、アイルランド系アメリカ人だと思います。はい」

「じゃあ決まり！　コードネームはパット。パット・オブライエンよ」

「パット・オブライエンを捜せ、ですね」

ベニーの目がまた光る。

「なんだか、レッド・オクトーバーを追え、みたいになってきましたね」

井山は舌なめずりをせんばかりである。まだ今は……。

♪春は名〜の〜み〜の〜風の寒さ〜♪は、本日も健在だ。南千住の駅まで行って、泪橋まで折り返してくる頃になると、コートに加えスーツも脱がされた井山は固まってしまった。この男に南極探検はできまい。

突然、未也子がわき道に逸れた。我々はカルガモの雛状態でついていく。一軒の洋品屋さんの前で止まった。店先に遠目にも鮮やかな、色とりどりのナイロンジャンパーが吊るされている。どれでも500円、と書かれた紙が貼ってある。500の下には赤い線が引かれている。女の目は、いったいどういう構造になっているのだろう？　どこを歩いていても、服は見逃さない。仮にそれが、自分には縁のないものであったとしても。女の鼻もどういう構造になっているのだろう？　安いモノの匂いを嗅ぎつける。仮にそれを払うのが、他人であったとしても。ただし、もし自らが身に付けるもので他人が払う場合は、高いモノに吸い寄せられる。女の精神も、一体どういう構造になっているのだろう？

未也子は、イベントスタッフが着るような、その薄いジャンパーの中から、白と緑を選んで店に入っていった。出てきた時には、もう一枚増えていた。

「井山さん寒そうだから、これもね。ジャンパーが透けて緑が濃くなるでしょ、ユニフォームの色とちょうどよくなるんじゃないかな」

紺色のハイネックセーターを差し出した。色の配慮はよしとして、素材までトータルコーディネイトする必要はなかろうに、どうみてもナイロン１００％である。脱ぐ時に井山の背中で火花が散り、カチカチ山の再現となるのは確実だ。

「ありがとう。優しいなぁ」

なんと浅はか。記憶力と想像力が欠如している。誰にスーツまで脱がされたと思っているのか。僕は心の中で後輩を嘆き、妹に脅え、作り笑いを崩さず、ユニフォームの下に白いジャンパーを着た。

「お兄ちゃん、柳蔭のお店は何時開店？」

「五時だと思う」

「よし、あと二時間半。探偵は脚で稼ぐのよ！」

「おーっ、パット・オブライエンを捜せ！」

四人が右手を突き上げる。

我々はひたすら歩いた。人の集まりそうな場所、例えば公園、露天商の前、昼呑み酒場、交番、コインランドリー、そこで僕と井山はファッションモデルよろしくクルクル回り、未也子とベニーが片っ端から「こんな二人組知りませんか？」と尋ねる。

男の頭の構造はどうなっているのだろう？　同じ質問を僕や井山がしてもこう素直に答えてもらえるとは思えない。なにをどう間違っても目の前の女の子の恋愛対象になれないのは認識しているはずだ。なのになぜ、女に話し掛けられると緩んだ顔をするのだ、問い質してみなくてはなるまい……まず自分自身に……。

情報を得るためなら作戦は有効だったが、パットは見つからない。これは皆が知らないと言うからではない。皆が知ってるとのたまうのだ。中には「俺じゃやねえのか？」、と仰る方までいた。

我々が想像するより大量のユニフォームが払い下げられたとみえる。サポーターごとに宿泊地域が固まるのは自然だろうし、自国チームが負け自棄になって酔っ払いユニフォームを振り回した挙句、近くの人にあげてしまっても不思議はない。どうやら山谷には、アイルランドとドイツのサポーターが多かったようだ。ギネスビールのライトパネルが目立つのもそのせいか。

一時間はまたたく間に過ぎた。まだ体力も日差しも残っていた。皆の反応も張りになった。しかし、四時を過ぎ道が建物の陰に沈むと、精神的にも翳ってくる。歩みも遅くなり、かいた汗が冷えて体温を奪う。ありすぎる反応も疲れを助長する。誰言うともなく、明日に賭けるしかなかろうと、その作戦を練ろうと、暖かい場所に行こうと、早く酒を呑もうと、コンセンサスが形成されていくのだった。

「直しを四つ」

そう注文した。

吹雪の真っ只中、山小屋に避難するかのごとき足取りで、我々は店に倒れ込んだ。夏場なら「とりあえず生！」と叫ぶところだけれど、なんせ雪山の避難である。ならば「とりあえず熱燗！」になるかといえば、味がわからなくなるかもと、ギリギリの職業倫理で踏ん張った。噺家稼業も大変なのだ。

店の主は訝しげに大きな目をギョロっとさせ、作り付けの棚から一升瓶を取った。ラベルに〝本直し〟と記されている。

「今日は寒い中、ありがとうございました」

僕はグラスを掲げ、「明日もよろしく」という言葉を呑み込んだ。確認と要請は必要不可欠だが、酔うまでは危険であろう。拒絶される惧れがある。捜索隊一同が複雑な表情で倣っているのをみて、僕はその判断が正しいのを知った。

口をつけるや、一同は違う意味で複雑な表情になった。しばらく黙々と啜った。やがて、湯豆腐やおでん等々暖まりそうなアテを頼んだあと、未也子がこう付け加えた。

「湯呑茶碗に半分くらい白湯をいただけますか？」

どうするのか見ていると、その湯呑にグラスの中身をあけてしまった。

「おいしい！」

「ホントですか？　姉さんあたしにも一口……あ、おいし〜」

「お湯割り、合う気がしたのよ。身体に染みてくるわね」

「そうです、そうです。すいません、あたしにも白湯ください」

女はいい。男は、こんな愛想の悪い親爺にイレギュラーな物は頼めない。でも呑みたい。

「右女太さん、呑んでみませんか？」

ベニーが湯呑を持ち上げた。一念岩をも通す、である。

「ああ、うまいや。マジでうまい」

「えっ、じゃ僕も。すいません、こっちにも白湯ください」

井山が言う。親爺の目が、またギョロっとした。ややあって、湯気の上がる湯呑が二つ出てきた。

一つは僕の分とみた。学習能力が高い親爺だ。

「うわぁ、ほんとうまいっすね」

「疲れた時には甘味だね」

「ホットウイスキーより入りやすいですね」

「日本人の体質に染み込みやすい成分なんだろうな」

両手で湯呑を握った未也子が頷いている。

「う〜ん、ホット柳蔭だぁ」

「井山、江戸では、直し、って言うんだぜ」

「でも同じものなんでしょ？」

「いや、味醂自体が違うから、柳蔭と直しは違うんじゃないか」

「そうなの？」

「江戸前の白味醂は、千葉の流山生まれだと聞いたな」

「へえ、そうなんだ。おじさ〜ん、おかわり。はじめからお湯割りにしてね」

ベニーに向けた親爺の目尻が下った。なぜ僕用と顔付が違うんだ。

「そんなにうまいかい？　明日からメニューに入れよかな」

「絶対売れますよ。おいしいもの。ご主人も呑んでみてください？　ね、右女太さん」

親爺の表情がキッと戻ってこっちを見た。

「あのう、一杯いかがですか」

おずおずと申し出る。

「そうかい。悪いなぁ」

やっとこの親爺の笑顔を正面で見られた。一度で充分である。

「うん、こりゃうまい。なんでやらなかったんだろ。こりゃあ、何ていう呑み方なんだい？」

「素が本直しですから、カン直しはどうですか？　燗酒の燗じゃなくて寒いの寒」

未也子が言う。

「寒直しか、その名前使ってもいいかなぁ？」

「ええ、どうぞどうぞ。ところで御主人、一つお伺いします」

「なんだい？」

我々は未也子に促されて立ち上がり、白鳥の湖もしくは逮捕されて写真を撮られる容疑者ばりに、親爺の前でぐるっと一周し、この店で会った顛末を告げた。親爺の答は、憶えていない、同じようなのがい過ぎたから、であった。寒直しの酔いが急速に醒めていくのを感じた。

「皆さん、改めて、お疲れ様でした。乾杯！」

浮き上がってきた疲労を認めたくなくて、僕は湯呑み茶碗を掲げた。カチンとはいかず、またしてもゴツンと音が響く。

「難しいものですねぇ」

ベニーが丸い目の上の眉を下げて言う。

「記憶にあるってのは、憶えていることにはならないんでしょうね」

井山がめずらしくマスコミ従事者らしい表現を使う。

「どういう意味だ？」

「記憶にあるのは本当でも、半年前なのか五年半前なのか十年前の夏だったのかは憶えていない。いつだろうと彼らには関係ないですしね」

「ふ〜ん、過去にファイルされちゃうと五年前も十年前も同じか」

「そうですね。今じゃなけりゃ昔、指で折りきれない数は全部いっぱいになっちゃう子どもと似たようなもんでしょう」

「なるほど、記憶の場合は年齢に比例してファイルが厚くなっていくから、大人ほどそうなるんだな。うん、俺もそうなりつつある」

「ユニフォームで歩くってのはいいアイデアだと思うんですが、憶えているのは、つまり今の範囲は、精々一ヶ月くらいじゃないでしょうか？」

「でも、この季節に半袖で歩いている人はいないわよね？」

仰る通りだ局長よ、半袖で歩いている人はいないのだ。あなたが着せた二人以外には。

「わかった。明日は違う方法にしよう。今晩考えてみる。みんな風邪ひかないように。井山、ゆっくり風呂にでも浸かって暖まってくれ」

「はぁ、そうします。家はユニットバスなんで、銭湯にでも行きましょうかね」

それがいい、と返事をすべく口を開けた時、ダンッと音がした。今日はずっとこのパターンだが、中年夫婦ではなく、未也子が両手で掴んでいた茶碗をカウンターに叩き付けたのだ。四人の目が集まる。最後の一人は振向きざまの親爺だったから若干遅れ気味だったが。

「井山さん、お手柄です。そうよ、お風呂よ」

「えっ、ああ、お前もゆっくり入れよ。止めないよ、つうか、お前はいつもゆっくりだろ。入浴宣言しなくてもお前の風呂好きは知ってるよ。だいたい……」

「お兄ちゃん、なに意味不明なこと言ってんの。お風呂入る時はみんな服を脱ぐでしょ？」

「お前こそ、なに言ってんだよ、そりゃ誰だって……あ、わかった」

「えっ、右女太さん、なにがわかったんですか？」

「真冬で何枚重ねて着てようとも、一番下は半袖じゃないのか、ってことですよ。そうだろ？」

「そう、ファッションじゃなくTシャツ代わりに着ていたのなら、冬だって一番下に着ていたんじゃないかと思うのよね」

「未也子ちゃん、それを一体どうやって調べるんです？」

「井山さん、そこがお手柄なのよ。この辺はお風呂なしのアパートがまだまだあると思うんです。銭湯で訊けば、最近でも半袖の柄がわかるかもしれません」

「ああ、そうかぁ。でも見てる人がいますかね？」

「いるわよ、毎晩見てる人が。ねっベニー」

ベニーの眉がまた下がり、しばらくして口角に押されるように上がった。

「姉さん、わかりました」

二人は視線を合わせると声を揃えた。

「湯屋番！」

地図が欲しかったけれど、この親爺にググッてプリントアウトしてくれと頼むのは、噺家に日本のヴィジョンを語れと望むに等しい。

「マスター、電話帳ありますか？」

この親爺がいつマスターになったんだ、未也子。

「黄色いほうでいいかい？」

照れも否定もしないのか、マスター。

「はい。そっちのほうが助かります」

山谷地区にある銭湯は三軒だった。巻末の地図と照らし合わせてみると、周辺で徒歩圏内にもう二軒。

「マスター、メモするものありますか？ チラシの裏でもいいです」

「メモ？ なんだ、その地図写すのかい？ いいよいいよ、かまわねえから、そのまましっちゃぶいて持ってきなよ」

しっちゃぶいて？？ マスター、あなたはどこの生まれなんだ？ でも嬉しいじゃないか。どこで生まれようと、あなたこそ正真正銘の江戸者だ。

我々は、ぶり返した寒直しの酔いと、あとの客を考えないマスターの好意と、煮込み過ぎたおでんに心と身体を温められ、希望としっちゃぶいた電話帳の地図を抱いて、再び早春の山谷に飛び出したのだった。

二時間ドラマだと、一軒目二軒目は空振りで三軒目に糠喜びするような出来事があり、四軒目でまたガッカリ、最後に、まさにドラマチックな出会いが待っているものだ。だが、現実はそうならない。なんと最初でガッツリとヒットしたのである。考えてみれば、軽装（風呂上がりかも）で呑んでいた居酒屋に一番近い銭湯の常連である確率が高いのは自明の理だ。

それでも、番台のおばちゃんの反応は鈍かったのだ。見たような気もするわね～、たくさんいたからね～、あたしものべつ見てるわけじゃないからね～。そうだろう、のべつ見ていたい裸が期待できる親爺達ではない。諦め、次に行こうとして、聴こえた。

「11番だ」

振り返ると、タオルを前に下げた親爺がこっちを見ていた。呆然として力が抜け、今にもタオルが落ちそうだ……頼む、逃げないからパンツを穿いてくれ。意識を顔に集中して思い出したいんだ。

この人だっただろうか……。

「11番だ。まっちゃんの番号だ」

ヨロヨロと近づいてきた。この顔だったろうか……パンツを穿けってば。

「このシャツに見覚えがあるんですか？」

そこで親爺は我に返り、覗き見を咎める顔でタオルを上げた。見てもいないし、それ以前にあなたが覗き見される危険はない。

「あのう、こんなシャツ着ていた人を探してるんです。知りませんか？」

僕が後ろを向いて背中を見せ、井山が訊いた。僕の視線の先には番台のおばちゃん、首から上の末也子とベニー。

「お兄ちゃん、その人がオブライエン？」

「パットさんですか？」

「そのような……違うような……」

はっきりしなかった。はっきり確信を持てたのは、コードネームが明らかな間違いだったことである。この人がパット・オブライエンかと訊かれたら、反射的に「ＮＯ！」と即答するのが、社会の良識であろう。僕は頭の中からコードネームを追い出し、代わりに居酒屋のカウンターを据え付け、隣にクローゼ山谷の顔を置いた（いつの間にかリングネームになっている）。ピースが嵌った。向き直る。

「こんなシャツ着ていた人と、そこの酒場に行きましたよね？……背が高くって、頭は白髪まじりで。その時あなたは緑のシャツを着てた。違いますか？」

「……まっちゃんだ」

「まっちゃんて誰ですか？」

「11番はまっちゃんの番号なんだ」

そういい残すと親爺は踵を返した。しばらくして身支度を調え戻ってきた。シャツはラクダの長袖Vネックだった。

「まっちゃんていう人が、これと同じもの着てたんですか？」

「たしかに俺のダチで、そんなシャツ着てた奴がいたよ」

親爺がぶっきらぼうに言う。

「その人と居酒屋へ行ったんですね？」

「ああ、行った。夏場いい仕事にありついた帰りにはよ、冷てえ生がいっぺぇ呑みてえじゃねえか。シャツの柄は憶えてねえが、11番を喜んで着てたのはまっちゃんぐれえだからな。他の奴はかっこわりいってよけてんのに……まっちゃん家《ち》の有線番号だったんだってよ」

「有線？」

「先輩、音楽好きだったんすかね？」

同じ会話が、女湯入り口の未也子とベニーの間でもあったのだろう。両方に聴かせるように、聞こえるように、湯屋番のおばちゃんが大きな声で言った。

「昔はね、電話みたいな有線てのがあったのさ。ベルの代わりにその家の番号を呼ぶんだ。十一番、十一番てさ。集落中に聴こえるんだよ」

すごい。個人情報をばら撒いているに等しい。親爺が何度も頷く。

「俺は自分ちの番号なんざ忘れちまったけどよ、まっちゃんは何でもよく憶えてんだ。自分のとこの番号が呼ばれると嬉しくて、早くそれ取って喋れるようになりたかったんだとよ。11番はウチの番号なんだって、ほらっあそこの下駄箱も、必ず11番だった」

そう言うと、顎をしゃくって入口を示した。

「で、その人は今どこに？」

親爺が視線を外し、頭《かぶり》を振った。

「もしかして、行方不明じゃないですか？　そうなら、私が、いらっしゃる場所をお伝えできるかも知れません」

「いる場所？」

「ええ、いる場所」

辛い報告をしなければなるまい。

「俺だって知ってるよ」

「えっ？」

「あの世だよ、死んじまったんだよ」

「そう、亡くなって……ええっ！　なんで知ってるんですか？」

「なんでもなにも、死んでるのを俺が見つけたんだ」

……人違いか。自分の記憶力がこれほど頼りないとは。僕はまた振り返り、番台の上の首二つに向けて自分の首を左右にし、呆然と立っている井山の肩を叩くと、親爺に言い訳をした。

「すいません、勘違いだったようです。これと同じシャツを着た遺体が発見されまして、身元を調べていたんです。そうですか、もう亡くなっている人でしたか……本当にすいませんでした」

「そうかい、稀代なこともあるもんだ。で、そりゃいつ頃のこったい？」

「見つかったのが一昨日の朝、亡くなったのはもう三日四日前のようです」

「そりゃますます奇遇だ。まっちゃんが死んだのも五日前だった」

なにかがスーッと胸を横切った。

「あのう、あなたが見つけたんですよね？」

「ああ。俺が見つけて、身寄りがねえから一人で見送ったよ。俺のほうが先で、まっちゃんに送ってもらおうと思ってたのによ」

「……身寄りがない？　じゃあ、お墓はどちらに？」

「知らねえよ、どっかの寺に納めたんだろう」

「だろう？　あなたが納骨したんじゃないんですか」

「見送っただけだ。役所で頼んだ葬儀屋の車が迎えにきてよ、それを霊安室の前で見送ったんだ。

病院で11番のシャツを着せてやってくれって言ったら丸首はダメだってえからよ、一緒に焼いてもらおうと上にかけてやったんだ」

「！」

やっぱりこの人だ。

「じゃあ、それっきりなんですね。お骨は見てないんですね」

絶句した僕の代わりに、井山が訊く。

「ああ、葬式もしてやれなくてよ、自分が情けねえや」

「お迎えにきたのがどこの業者の車だったか、憶えてますか？」

「土浦ナンバーだったなぁ、役所に訊けばわかんじゃねえか」

「パットさん」

「なんでぇパットつうのは。おれは尾原つうんだよ」

「えっ！　オハラさんですか？」

井山が素っ頓狂な声を上げた。

「そうだよ、しっ尾《ぽ》の尾に原っぱの原でオ、ハ、ラ」

「あぁ何てことだ、世界で一番有名な〝オ〟を忘れてた。オハラかぁ……ひょっとして、下の名前はスカーレット？」

ンなわけないだろ！　考えうる限り、この親爺に一番似合わない名前だ。風と共に去ってしまえ。

「おめえ、なに言ってんだ？　名前は健つうんだよ。ケ、ン」

「オハラ・ケン……ケニー・オハラ、まさにアイルランド代表だ」

まだやってる。仕方なく僕が割って入った。

「尾原さん、おそれいりますが、ご同行願えませんか」

やっと素に戻った井山と僕が、健さんを両側から挟む。僕は、腕時計を確認し番台に向けて親指を立てると心の中で言った。

―十八時二十六分、パット・オブライエン確保―

電話の向こうで、常務は半信半疑だった。それは未也子もベニーも井山も、一度会っている僕も同様だ。東京の大きさを知っている人なら誰だって、特定の一人を探し出す困難さがわかる。それでも常務は、引前の寛いでいる貴重な時間なのに気分を害さず、夜の〝面通し〟を承諾してくれた。色めきたったのは、それまで自分の行動の意味すら把握していなかった井山だ。電車の乗り継ぎを話し合う我々を制し、自社に電話すると重要参考人に続き車も確保した。目の色が変わっていた。軽薄な後輩の色から、特ダネを前にしたブン屋の色に。

「トップ記事か、始末書か」

首都高速から千葉県に入っても井山は独り言を繰り返し、瞬きすらしない。気を利かせて助手席へ乗せた未也子に話しかけもしなかった。

「帰りたかったんだ。まっちゃんは帰ってきたかったんだ」

後部座席の健さんは、窓の自分に言って聞かせていた。僕は、ガラスの中で動く健さんの唇を見つめた。ベニーが僕のシャツの肘をつまんで、

「生き返ったんでしょうか……？」

と訊く。

「そうかも知れないですね」

僕は、他にどんな理由が考えられるか整理しようとした。もっと蓋然性の高い理由があるはずだ。

車が入る気配で、訪いを入れるまでもなく常務が出てきた。挨拶と紹介するのももどかしく、霊安室へ急いだ。灯りは点いていた。扉を開くと、線香が強く匂った。入口で立ち止まった四人を見て、躊躇わなかった自分に気付いた。いつのまにか、亡くなった方や葬儀に対する特別な意識が消えていたのである。

常務が柩の窓を開いて、「尾原さん」と促した。健さんは、入ってくる時とは別人になって早足で寄っていき、一呼吸措く間もなく覗き込んだ。

「まっちゃんだ」

「間違いありませんか？」

「間違えっこねえよ。兄弟みてえに付き合ってたんだからよぅ。まっちゃんだ、おーい、まっちゃん」

健さんが窓に顔をつけて叫んだ。常務が目で合図する。僕は健さんの体を抱えて引いた。常務が柩の蓋を外した。健さんの肩に置いた手を離した。

「まっちゃん……こんなに冷たく……堅くなっちまってよ。成仏してくれよ、よう、まっちゃん」

ドライアイスで汗をかいている頬を撫で、健さんは語りかけた。

「帰りたかったのかな。帰りたくて茨城から橋を渡ってきたのかな」

ベニーが呟く。健さんの腕がピクンと動いた。

「まっちゃん、帰るんなら山谷だろ？　渡るんなら泪橋じゃねえかよぅ」

泪声になっていた。それは親しい者の死に臨んだ時に湧いてくる、慄きの感情なのを僕は知っていた。言葉では伝えられない想いなのを知っていた。喪失が自身に返ってくる慄きなのを知っていた。

健さんの話と常務の説明を聞き、我々は仮説を構築した。

身寄りのない人が亡くなった場合、自治体が事務手続きと葬送の手配をする。行政の出せる費用範囲内で火葬し、遺骨を引き取ってくれる業者に委託する。松口昭夫さんを迎えにきた土浦ナンバーの寝台車も、そのうちの一つであろう。本来ならお骨になるべく進むどこかの段階で、誰かの手によって遺体が遺棄された。

それは、生き返ったまっちゃんが山谷へ帰ろうと歩いているうち橋を間違えて千葉県に入り力尽きたんだ、と譲らない健さんの説より現実的であった。

応接室に移り、常務は健さんに住所や状況を訊いた。

「尾原さん、もう一度伺います。サッカーのユニフォームは着せなかったんですね？」

「ああ、丸首はダメだって言われた」

「そうですか、わかりました」

常務の顔に翳が差した。

「なぜ丸首はダメなの？」

未也子が小声で僕に尋ねる。

「丸首っていうより、プルオーバーがダメなんだよ、前開きじゃないと着せにくいから」

「ああ。……それ考えると着物って便利よね」

「言えるな」

常務が、我々を応接室に残して出ていった。続けざまに電話をかける声が聞こえた。やがてメモ書きを手に戻ってきた。

「やっぱりＮＰＯだ」

「ＮＰＯ？」

みんなの声が揃った。

「ああ、土浦ナンバーだってから、そうじゃないかと思ってね」

病院でも自治体でも、基本的に出入りは地元業者である。にも拘らず他県の車がきた理由は、おそらく遺骨の納め先が都内になかったからであろう。昨今そういった問題は各地で頻発しており、解決策として最近増えているのが、墓地を持つ地方の葬送ＮＰＯであった。

「一番孤立死の多い東京が、一番墓地不足だものね」

東京の家賃が高いのは生前だけじゃないのである。

と、常務の胸で携帯が鳴った。発信元を確かめ、通話ボタンを押した。

「もしもし、あ、どうも。ご無沙汰です。忙しいですか？　ほんとに？　またまた。いや、こっちは相変わらずで、うん。すいませんねぇ、お手間かけちゃって」

いたく日本人的なビジネストークだ。これを訳して理解できる外国人がいるだろうか。

「え、もうわかったの？　さすが仕事が早いですねぇ……うんうん」

常務が立ち上がり、部屋の隅に置かれた電話代のメモ用紙に、後ろ向きのまま書きつける。

「どうもありがとうございました。助かりました。え？　いやいや、違うんですよ。知り合いの関係で……はい。たまには飯でも食いましょうよ。ああ、社長は呑むほうか……ハハハ、じゃあ、また」

振り返った常務がフーっと息をつき、表情を戻した。

「わかったよ」

座るなりテーブルに置いたメモを見て言った。茨城県の住所が読めた。業界の伝手を辿れば、該当する区役所に出入りしているＮＰＯを特定するのは可能なようだ。

「蛇の道はヘビ、ってね」

常務はおどけてみせたが、目は笑っていなかった。自分の想いを反芻するように小さく呟いた。

「誰なんだ……」。

早速連絡を取りましょうと勢い込む我々を、常務は、落ち着くよう諭した。

「まず、この時間じゃ、役所は留守番の宿直さんだ。このＮＰＯだって閉まってるだろう。誰か個人、例えば代表者の自宅でも、いや自宅なら尚更、未確認でこんな話はできやしない。そうじゃないかい？」

健さんが混乱しているし記憶のあいまいな部分もあり、明日の朝確認した上で警察を呼び、任せるしかあるまいと決まった。どう考えても、そうするしかない。

常務の好意で、健さんは式場に泊めてもらうことになった。ちょうど引前で、遺族控室が空いていたのだ。翌日の取調べに健さんの証言は欠かせない。

我々は、明日また来るのなら近くに泊ろうと、ビジネスホテルを探すため駅前に向かう。

車の中では、ひとしきり事件の推理が飛び交った。明日寄席の高座があるベニーは、捜査が早朝に行われるように祈った。不思議と未也子は無口で、窓の外の暗い道を凝視している。

「お兄ちゃん、常務いい人だね」

突然、未也子が振り返った。

「ああ、俺の葬礼の師匠だからな。……でもなんで？」

「さっき言葉を呑みこんだよね。……誰なんだ、って」

「おかしくないだろ。いったい誰がやったんだ、遺棄したのは誰なんだ？　って意味だろ」

「お兄ちゃん、いまの台詞もういっぺん言ってみて？」

「なんだよ、落語みてえだな」

「そう、落語。遺棄したのは誰なんだ、そんな語順がすっと出て不自然じゃないのは落語くらい、お兄ちゃんが噺家だからよ」

「どういう意味だ？」

「普通なら、誰がやったんだって言うでしょ。お兄ちゃんだって、初めはそう言った」

「姉さん、わかりやすく教えてください」

ベニーが我慢しきれず割って入ってきた。

「常務は、私たちに余計な心配させたくなかったのよ。今頃は警察に相談してると思う」

「おまえ、ますますわかんねえよ」

「お兄ちゃんも井山さんもベニーも、松口さんが茨城から千葉まで歩いてきたと思ってるわけじゃないでしょ？」

「そりゃそうだ、誰かが運んだに決まってる。で、誰がやったんだ？ってことになるんだろ？」

「そう、運んだ人なら、誰が、になる。誰なんだ、の誰は、運んだ人じゃないのよ」

「あーっ」

「どうした井山、でけえ声出して」

井山が音にならない声で「あ、あ」とまた言った。

「わかりましたか？ 誰なんだ、が指すのは、運んだ人じゃなくて、焼かれた人。代わりに火葬されたのは誰なんだ、常務はそれを気にしてたのよ」

うかつだった。正規に役所から引き受けた遺体なら、火葬許可証は出ている。遺棄した理由はどうであっても、人を合法的に焼いてしまえる。常務だって不審がられず延ばせるのは三日迄、って言っていた。もし許可証が使われたとすれば、すでに火葬された別人がいなくてはならないのだ。

「粗忽長屋の台詞、抱かれてるのはたしかに俺だが、抱いているのは誰だろう？ だな」

「うん。あの常務が明日まで放っておくとは思えない。誰なんだ、って言ったのに気付いてメモを隠してたわよね。責任を感じて、なんでもない風に装って解散したんじゃないかな？ 私たちが追っているのは死体遺棄ではなく、殺人事件かも知れないわ」

「えっ—、殺人事件？」

ベニーが大きな目をさらに大きくする。

「仮によ、仮に現代版必殺仕事人がいたとするわね。法律で裁けない悪を始末したとして、死体を隠すのに一番いい場所はどこ？」

未也子の視線が後部座席をなめ、僕の顔で止まった。

「ん？　あ、そうか！　木の葉を隠すなら森の中、死体を隠すなら墓の中だ」

「そう。正式に埋葬しちゃうのが一番よ」

「うーん、小説にあったたな。たしか、直木賞受賞作だった……なんだっけ？　とにかく、棺桶の中に二人入れちゃうんだよ。でも、それは土葬だからできた方法で、火葬の現代なら、どちらか一人出さなきゃいけない」

「そして、それをどこかに遺棄しなくちゃいけない、でしょ？」

沈黙が場を支配した。

「決めた！」

静寂を破って井山が叫ぶ。

「決めました、僕だって放ってはおけません、新聞記者としてね。皆さん、今から茨城へ行きます」

「今からって、おまえ場所わかるのかよ」

「先輩、こう見えてもブン屋ですよ。ネタに繋がりそうなモノは見逃しません」

井山はアクセルを踏む足に力をこめる。これまで知らなかった横顔があった。それは高座に上がる師匠の顔であり、霊柩車を送る常務の顔である。仕事に臨むプロの顔だった。

深夜の道は空いていた。ナビを信じるなら、あの一瞬で何気ないふりをして覗き込んで暗記しナビに打ち込んだ井山の頼りない記憶力を信じるなら、「目的地周辺です」の場所に建っていたのは寺院であった。

「ダヴネスト探偵局は、よほどお寺と縁があるようね」

冗談めかしても、未也子の声が上ずっている。ベニーは口をきかなくなっていた。

「万一がありますから」

井山は駐車場には入れず、離れた道端に停めた。エンジンは切らなかった。

「未也子ちゃん、運転席にいてください。左側から飛び乗れるようにベニーちゃんはその後ろ。僕と先輩で行ってきます。もし三十分たっても連絡がなかったらこの場を離れて１１０番してください。住所はナビに出ています。お寺の名前は、安寧寺」

……安寧な気分になんかなれない。

普段なら、自分も行くと言い張る未也子も、さすがに黙って首肯するしかなかった。

「危険はないと思います」

井山は、それまでの言動と裏腹な言葉を口にし、笑ってみせた。

「仮にここが仕事人の住まいで、それが極悪人でも、まだ遺体の身元が割れたのは知らないはずです。家族の手前もあります。中村主水だって嫁さんと姑には頭が上がりませんよね。自分から犯罪者だと名乗りはしないでしょう」

「じゃあ、どうやって調べるんだ？」

「焼香させてくださいといいます。松口さんの親類だと」

「素直に認めるかしら」

「初めは惚けるかも知れませんが、断るわけにはいかないんじゃないですか。松口さんの遺体を引き取ったのは、公的に証明されていますし」

「で、どうなるの？」

「単なる死体遺棄なら松口さんの痕跡はないんですから、何らか理由を拵えて、後日にしてくれと言うでしょう。その場合は、向こうの出方次第ですね」

「どうぞ上ってくださいと言われた時は？」

井山が僕を見て目を絞った。

「すでに他の誰かが焼かれている時、口封じに監禁される時、です」

常夜灯の青白い光が、植栽の間に続く敷石を照らしていた。本堂とおぼしき建物が、聳えるように浮かんできた。道場破りじゃあるまいし、この扉を開け「たのも〜」と、大音声で呼ばわるのもためらわれる。階段脇の天水桶の先に外灯が見える。普通の民家の玄関を倍にしたほどの入口があった。中は暗い。

前に立つ。表札の隣に、○○相談所だの△△連絡所だのセールスお断りだの猛犬注意だの御用の方はブザーを押して下さいだのとプレートが並んでいる。井山が手を伸ばし、押そうとして、止まった。僕のほうを振り返ると、陰になっていた一番奥のプレートを示す『ＮＰＯ共に生き共に送る会』と読めた。僕は一瞬息を呑み、井山と目を合わせて頷く。

「先輩、どんな人が出てきても驚いちゃいけませんよ」

「わかった。仕事人の頭目だ、それなりの人相は覚悟しておく」

井山がチャイムを鳴らした。中で響く音が外まで聴こえた。人の気配がしない。もう一度押そうと、井山が指をかけた時、「はい」と返事があった。くぐもった声だ。また井山の手が止まり振り返った。また僕は息を呑む。

「夜分に畏れ入ります。松口さんの件で……」

「はっ？　ああ、少々お待ちを」

　廊下を近づいてくる足音がした。玄関の灯りがついた。鍵を開ける音がして扉が開いた。僕は必要もないのに目を細めた。スウェットの上下に綿入れ袢纏を羽織った坊さんが立っていた。六十後半、いやもっといってるか、いや逆に若いか、髪の毛がないと年齢は絞りづらいものだ。

「こんばんは。夜分に申し訳ありません」

「いえ。寺は朝が早いところでしてな、こんな格好でどうも」

照れたように笑った。金歯が光った。今の時代では素朴にさえ見せる。もしや安心させる小道具の一つであろうか、相手は頭目だ。

「ご住職さまですか？」

「はい、さようです」

「こちらで、松口さんの御遺体を、お預かりされていると伺ったんですが」

井山が一語一語噛むように言う。住職の表情が止まり、……破顔した。

「ああ、お知り合いの方ですか。どうぞ、お上がりください」

「松口さん、こちらにおいでなんですね？」

「それでいらしたんじゃないんですか？」

「ええ……そうです」

「よかった、よかった。お骨を引取りにいらしたんでしょ？」

「お骨になっているんですね？」

「はい。一昨日の朝、荼毘にふしてしまいました」

情報が頭の中でぐるぐると三周した。開き直った確信犯か？　それとも松口違いか？　井山の頭の中でもなにかが回っているようだ。思い切るように「ヨシッ」と口にし、両手を握り締めて拳を作った。

「先輩、上がらせていただきましょう」

先導してくれる住職が、時折り壁のスイッチに手を伸ばす。先々が次々に明るくなっていった。モーゼの前で海が割れたのはこういう光景であったか……この喩えは二回目だ……宗旨も違う気がする。

きらびやかな祭壇の前が一段高くなっており、四方の太い柱が中央に小さな闇を設けている。住職はその前を通り過ぎ、廻り込んで続きの小部屋に入っていく。もしや我々がくぐった瞬間に両側から手が伸びて捕まれ、縛り上げられ、サルぐつわを咬ませられ……足が止まる。みすかした住職が笑う。金歯は光らない。

毒を喰らわば皿まで（意味が違うかな？）、だ。二人して並んで踏み入った。正面の白い布をかけた檀に骨壷と位牌。住職が蝋燭に火を燈す。炎がゆらゆら揺れ、位牌の上に影を踊らせる。

「どうぞ、お線香を」

井山が一歩進む。線香に延ばした手が止まる。よく手が止まる奴だ。

「先輩！」

そのまま振り返る。よく振り返る奴だ。仕方なく、指差された白木の位牌を見る。

「！」

よく息を呑む僕だ。

そこには松口昭夫霊位と書かれていた。仕事人確定。油断させて監禁か？　この柔和な顔の住職が頭目か？　そうだよ、中村主水だって普段は昼行灯を装っているではないか。それがいきなりグサッとやるではないか。我々は意味もなく一歩下がった。上目遣いで住職を窺う。視線に気付いたのか、モグモグとお経を唱えていた声が消え、こちらを向いて目を広げた。その眼差しが、「こいつらはなにをしたいのだ？」と言っていた。

線香を供えて手を合わせ、そのまましばらく過ぎた。住職が襲いかかってくる気配はない。奥の間から手下が雪崩れ込んでくる惧れもなさそうだ。住職の訝し気な顔をもろともせず、井山とヒソヒソ相談する。逆襲に出て住職を縛り上げ、口を割らせるか……ちょうど手近に大きな蠟燭も燈っている……これを垂らして……そう井山が考えているに違いないと思っていたら、あにはからんや「住職に事情を訊きましょう」と面白くもない……失敬、真っ当な意見を述べた。住職め、命拾いしやがったな。

携帯で未也子とベニーを呼ぶ。玄関まで迎えに行き、簡単に説明するも、合点がいかない顔だ。ではは現物を見せるしかあるまい。先にたって本堂へ入り、奥の小部屋に案内した。せっかく手を出しやすいよう一人で残しておいたのに、井山はまだ無事のようだ。住職も正体を見せていない。

女子二人は奇妙な驚き方をした。裏街道を歩む仕事人の頭目が、こんな穏やかな顔をしていていいものなのか？　表情がそう言っていた。

「これ、中身入っているんですか？」

「中身って。ベニー、お骨よ、お骨」

「も、も、もちろんです」

住職が、「こいつらはなにをしたいのだ？」の眼差しのまま言った。

客間に通された我々の前に、年配の婦人がお茶を運んできた。大黒さん（お寺の奥さん）か。「この人たちは何者なんだ？」と目が言っていた。夫婦は似るものである。

住職が手で勧めてから口を開いた。

「ご存知でしょうが、最近孤立死が増えました。入るお墓がない方も大勢いらっしゃいますので、宗教施設が付きませんと、こうした活動も成り立たないのです。実務のほうは葬儀社さんにお任せ……と申し上げては言い訳になりますな。お預かりした以上、愚僧にも責任がございます」

「葬儀社さんはボランティアで？」

井山が新聞記者らしい切り口で訊く。

「いえ、そうではありません。身寄りのない方、身元の判らない方でも、保険や自治体から支払われるようになっております。儲かりはしないまでも、葬儀社さんの利益も多少は出ていると思いますよ」

ベニーが不審げに訊ねる。

「時々ニュースで聞きますよね。お葬式代がないから家族が亡くなったのを伏せていた、って話」

「あれは年金の不正受給をごまかす嘘ですな。もしくは無知でしょう。どんな暮らしをされていても、弔われるようになっているのです。新聞記者の方を前にしてなんですが、取材するほうも少々勉強不足でしょうか」

井山が神妙に小さく頭を垂れる。

「そうなんだ。いつも気の毒に、って思ってたのにな。損したな」

「ベニー、損はしてないでしょ」

「この国は、マスコミが煽るほど冷たくはないんですよ」

井山、おまえが言うな。

「まったくです。特に亡くなった方に対しては。あ、いらしたようです」

廊下に足音がして、ネクタイの上に作業服を着た男性が入ってきた。我々に気付き、目尻の皺が開いて、会釈の方向を変えた。

「ご協力いただいている、葬儀社の社長さんです」

男性が改めてお辞儀をする。五十代の後半か。半分白くなった髪を、怪訝そうな顔の上でピッタリ撫で付けている。

「越智と申します。ご住職、こちらは？」

「社長、先日お預かりしたお骨の件でいらしたそうです。あの仏さまは、お迎えも社長ご自身で行かれたんでしたね？」

「はい。……なにかございましたか？　あのう、こちらはご身内の方？」

「私もそう思ったのですが、どうやら違うようです。……仮に松口さんのご身内だったとしても、この仏さまのご身内にはならないようですがな」

住職が本堂より移してきた骨箱を示した。

「社長、この方々が松口さんのご友人を捜し出したそうですよ」

越智社長の顔に余裕がなくなった。

「ご友人、ですか」

「遺体の第一発見者です。あなたが引き取りに行った時にもいたはずです。遺体にサッカーのユニフォームをかけてくれた方ですが、憶えていませんか？」

井山が業務的な乾いた口調で訊ねる。

「何のお話をされているんだか……」

「11番のユニフォームです。11番はまっちゃんの番号だと言っていませんでしたか?」

そう井山が畳み込むと、越智社長があからさまに狼狽した。きっと健さんは、その時も有線の話をしたに違いない。越智社長も、有線から流れる自分の家の番号を待っていた世代なのだ。絶対に口を開けまいとするように、上下の唇を互いに押し付け合っている。

「社長、仰っていただけますな。この仏さまはどなたです?」

住職の問いかけに、越智社長は置かれていた手でズボンを掴んだ。突っ張った腕を支えにして肩が上がった。その肩が小刻みに震えていたかと思うと、「越智さん!」の一喝でガクンと下がった。

井山が手帳を開いて、ペンを手にした。

「……ご住職、先々週の大雨が降った日を憶えておいでですか?」

「ええ、季節はずれの嵐でしたな」

越智社長が、視線を我々のほうへずらした。

「その夜中に、娘から電話がかかってきたのです。普段はろくすっぽ挨拶もしないのに珍しいこともあるもんだと出てみますと、取り乱していて泣き叫び、要領を得ません。とにかくどこにいるんだと訊きましたら、河川敷だと申します。娘が運転免許を取る時に、何度か教えてやった場所でした。私はわけのわからないまま、そこへ向かいました」

再び廊下に気配がした。越智社長の分のお茶を運んできたようだった。住職が目で制し、話を促した。

「着いてみますと、娘の車のボンネットに大きなものが載っていました。娘は橋の下に隠れていましたが、私を見つけ飛びついてまいりました。あとは、ただ泣くばかりでございます。私は聞かずともすべてがわかりました。娘は人を撥ねてしまったのです。その方がフロントガラスに突っ込み、はずれないようでございました」

口を閉じ、ハンカチを出して顔を拭う。

「土砂降りの中、傘もささずに道の真ん中に立っていたそうでございます。もう気が付いた時にはよけようがなかったと。ぶつかった時にこっちを見た目と目があったそうです。信じてください。娘は逃げるつもりなんかなかったと言います。怖くて怖くて、何も考えられなくて、夢中で走っていたらここへ来ていたと、私にすがって、お父さん助けて、助けてお父さんと泣きじゃくるばかりでございました」

再び取り出したハンカチで目頭を押さえ、しまわずに握り締めた。そこから勇気をもらったように言葉を接いだ。

「……二十年、娘を腕に抱くのは二十年ぶりでした。おかしいですねぇ、そんな時でさえ、大きくなったなぁと感心するんですから、親ってのは馬鹿なもんです。この子は俺が守るんだと、その時に決めました。なにがあっても俺が守るんだと。……警察も考えました。でも、どんな事情であれ、現場を離れたら轢き逃げです。娘を犯罪者にはしない、そう決めました」

越智社長は非礼を詫び、鼻をかんだ。

夜中に、フロントガラスを破りボンネットに乗ったままの遺体と走るなんて、頼まれてもできないだろう。一時的な心神耗弱状態だったと見るべき、少なくとも考慮はすべき事案だと思う。僕は本心からそう言った。以前、常務とお迎えに行ったおばあちゃんを思い出していた。撥ねたほうも被害者だという言葉と一緒に。

井山が一瞬僕を見て、ペンを握り直した。

「……とりあえず娘を連れて帰り、一人で遺体を取りに戻りました。納棺して夜の明けるのを待ちました。次の日の昼頃でしょうか、防災無線で行方不明の老人を探しておりまして、身元を知りました。認知症で徘徊する癖があったそうです。私は娘に口止めし、様子を窺いました。そのうち、川へ落ちたのではないかと噂が立ちました」

「あの時は水嵩も上がりましたからな」

「川さらいもやったようですが、当然のこと見つかりません。やがて、そのまま流されたに違いないと言われ始めたのです。私は天の助けだと思いました。それからは、毎日お酒と御飯を供え、回向し、身寄りのない遺体を待っていたのでございます」

「社長、それは罪が重いですぞ」

住職が手を合わせて経文を呟いた。常務が心配していたのはこれだったのだ。同業者が関わっている可能性と、その重みを懼れていたのである。

「わかっております。この稼業をする身で仏さまを放置するなど、罰当たりなのも弁えております。私は松口さんに何遍も何遍も謝って、この手で湯灌をし、ご遺体にかかっていた11番のシャツを着ていただきました。許してはもらえないでしょうが、私が死んでそちらに行ったら、必ずお詫びにまいりますと約束して、置いてきてしまったのでございます」

越智所長の嗚咽が漏れる。未也子とベニーがもらい泣きしていた。

病院で納棺する時に着せられなかったユニフォームが切られていたのを見て、常務はプロの関与を察したに違いない。難しさを熟知しているからこそ、丸首を着せてあげる配慮と置き去りにする行為との落差を嗅ぎ取ったのだろう。

「事故を起こした車はどうしました?」

まだ井山は仕事の声音だ。越智社長がビクッとして顔を上げる。

「倉庫の奥に、シートを被せてそのまま置いてあります」

「そうですか。それはまだしもですね」

「どういう意味だ、井山」

「現代の科学捜査は進んでいます。不可抗力は証明できないまでも、情状酌量の手がかりが出るかも知れません」

「あのう……、私が撥ねたことにはできないでしょうか？　娘は先がある身です。私は罪が重なっても同じ……」

「越智さん、今ならまだ自首が成立します。我々は警察じゃありません」

「お嬢さんだって、このままじゃ辛いんじゃないかな」

末也子がすすり上げ、訴えるように添えた。隣でベニーが涙を拭き拭き、何度も首を上下させた。赤い目で虚空を見つめていた越智社長が、覚悟を決めたようにその目を瞑り、やがて頭を下げた。

「社長、私もご一緒しましょう」

住職が肩に手を置くと、越智社長がもう一度深々とお辞儀をした。

出頭する越智社長と住職を見送り、我々も車に乗り込んだ。井山は外で長い電話をかけ、乗ったあともあちこちにメールを打ち、ようやくキーを回した。

「井山、やっぱり書くのか？」

「はい、書きます」

「見逃してあげられないの？」

「お嬢さん可哀相ですよね」

井山は逡巡せず、きっぱり「書きます」と繰り返した。前を見て、道を睨みつけて続けた。

「明日には警察発表があります。地方版のベタ記事で済む事故が、興味本位で大きく扱われるかもしれません。おそらく他紙は明後日の朝刊でしょう。うちは明日の夕刊に載せます。最初に知らせる媒体が肝心なんです。それで色が、流れが、できるんです」

「でも、テレビのほうが早いだろ」

「先輩、さっきの電話は常務さんにかけました。やはり警察に連絡したそうで、いま事情を聞かれているようです。自首したのを伝えてもらえば、千葉県警にとっては単に遺体の身元判明ですから改まった発表はないでしょう。茨城県警だって、わざわざ昼のニュースに間に合わせたりはしませんよ。速報を打つほどの事件でもありませんせん」

「さすが業界の人間だね。明晰な解説だ」

「社長とお嬢さんの名前は出ちゃうの？」

助手席の未也子が、井山の横顔に訊く。

「警察発表は仕方ないでしょう。でも僕は出しません。同情しているんじゃありませんよ。孤独死の問題、死に纏わる法整備、認知症、マスコミの姿勢、今回の件で知ってもらい、考えてもらいたい事案は山ほどあります。名前を出して興味本位のゴシップになり、それらが薄まってしまうのを避けたいんです。これはブン屋としての判断です」

窓ガラスを見つめる未也子の眼が潤んだ。井山、脈が出てきたぞ。

「本当にあるんですね」

音の消えた車内が息苦しくなったのか、ベニーが明るく言った。

「なにがですか、姉さん？」

僕が声をかけると、ベニーはほっとしたように向きを変えた。

「生まれる時は別々だけど、って間柄です」

「まっちゃんと健さんですね」

「はい。ちょっぴり、いいなって思いました」

「落語に出てくるような職人は家庭を持てない人が多かったそうですし、実際にまっちゃんと健さんみたいに暮らしてたのかもしれませんよ」

「先輩、そうなんですか？」

「ああ、男女の人数が違い過ぎたんだ。火事が多くて大工だの左官だのが必要でさ、若い男は余分に集められてた。八つぁんや熊さんは、ほとんどそのクチだろう」

「でも、こちとら江戸っ子でい、って言いますよ」

「ジャーナリストのくせに浅いねぇ。自分で俺は何々だ！っていう奴が、その通りのわけねえだろ。

江戸時代も、現代も同じだよ。東京には日本中から人が集まってきてる。で、みんな肩で風切って歩いてるじゃやねえか」

「じゃあ、江戸っ子は今も現役だ」

「おうよ。当時は江戸者と呼んでたんだぜ。江戸っ子ってえと江戸生まれ限定に聞こえるが、江戸者はコスモポリタンだ。全然違う価値観と折り合いを付けながらも、痩せ我慢して意気地《いきじ》を捨てない、器用で不器用な、あっちこっちで生まれた江戸者が、今も昔も溢れてんだよ。……ただし」

「ただし？　なんすか？」

「東京とは限らねえ。例えば落語の街もそのうちの一つだな。喋るほうでも聴くほうでもいいけどよ、八っつぁん熊さん御隠居さん、お花ちゃんにおみっちゃん、半公や甚兵衛さんや与太郎やでこぼこ大家と暮らせる人が集まる街に溢れてんだ」

未也子が肩越しに振り向く。

「お兄ちゃん、粗忽長屋やったらいいのに。案外合うかもよ、ねっ、ベニー」

「はい」

僕は、健さんと並んで呑んでいるまっちゃんを思い出した。そして、はっきりとわかった。彼は幸せだった。平均寿命より短くても、孤独死と言われてしまっても、山谷のクローゼ氏は間違いなく幸せだった。

あの夏の日の少女のように、彼は11番の回線を使って伝えたかったのだ。幸せの形を他人《ひと》に決められたくない、自分の一生を勝手に括られたくない、と。

「先輩」

「ん、なんだ？」

「車を返したら、ちょこっと飲《や》っていきませんか？」

前を向いたまま、井山が左手の親指と人差し指を開き口元で傾けた。

「うん、いいな。……ベニー姉さんも行こうよ」

「はい」

「未也子ちゃんは？」

井山が横目で助手席を窺う。

「もちりん」

やっと未也子が笑った。

「もちりんでげすか。じゃ、まいりやしょう」

車は夜の利根川沿いを走る。ヘッドライトに照らされた分だけ浮かぶ目の前の道みたいに先はわからない。でも、僕は一人じゃない。生まれる時は別々だけど死ぬ時は別々っていう仲間達がいる。そのあたり前の仲間達と、これからも僕は生きていく。

帰ろう、僕らの街へ。

あとがき

落語界は物語にしやすいのか、映画やテレビドラマ、小説等で度々取り上げられる。噺家の端くれとすれば、「さすがに少々無理筋では……」なんて作品も散見するけれど、視聴者や読者には関係なかろう。かえって先入観も制約もない部外者のほうが、作り手には適しているのかも知れない。そうはいっても、内側にいる者の視点や感覚も伝えておきたいし、残しておくべきではないかと、菲才に鞭打って綴ったのが本書である。

きっかけは、同業者に誘われて伺った施餓鬼会《せがきえ》だった。生家のある千葉県香取郡に程近い印旛郡酒々井町の東傳院様が、法要の前に落語会を催されたのである。

高座を済ませ、楽屋にお借りした茶室で午餐をいただく。暑い盛りの仏事であり、冷たい般若湯も頂戴する。よく、保育園や幼稚園のクリスマスパーティーでサンタクロースになってプレゼントを渡したり、節分の豆撒きで鬼になって逃げ廻ったりする方がいらっしゃる。我々は施餓鬼会の餓鬼役に成りきって、欲望のままに食べ、呑む。

そのあとは、蝉時雨と読経、ふるさと訛りのざわめきを遠くに聴きながら駄弁って、昼下がりを過ごす。至福の時間だ。罰当たりの時間とも言う。

帰りは、畑の間の陽炎が立つ道を歩く。畔に咲く名前も知らない花、畝の育ち過ぎた野菜、今時めずらしい陸稲などを眺め、時折りバッタが跳び出す草いきれの中を辿る。

そんな日を何度か繰り返した頃、ふと、この空気感を容《かたち》にしたいと思った。あやしげな手つきでパソコンを操り、できたのが『左馬の記』『犬の居ぬ間』である。フィクションの都合上酒々井町は交通至便すぎ、舞台を、郷里多古町と同じく線路が通っていない長生郡長南町の架空寺院にした。梅田家発祥の地で愛着もあった。

小説とは呼べない習作だと弁えつつ、書籍化の望みを捨てきれず一冊分になるよう加えたのが『11番からの依頼』だ。ゆえに三編は、設定と執筆した年が近い。

刊行は叶わなかったものの長い文章を創る経験をして図にのり、後年、大学の入学金のため懸賞小説に挑戦しようと思い立つ。幸運にも受賞できて味をしめ、真打昇進披露の経費のため二匹目のドジョウを無理矢理すくい上げる。さらにコロナ禍の自己補填で三匹目を手掴みにし、その余勢を駆って『七つの子』『デイジーの恋』を書いた。始まりは、あの夏だった。

東傳院様へ御礼を申し上げる。煩悩の塊達に温かく接してくださり、懲りずに何年もお招きくださり、ありがとうございました。

次ページに、各編のヒントやパロディやモチーフに拝借した作品を記しておく。仄かなネタバレになりそうなので、気にされる方は読了後に目を通していただきたい。

マルセル・プルースト『失われた時を求めて』、アガサ・クリスティ『アクロイド殺人事件』、芥川龍之介『杜子春』、伊藤左千夫『野菊の墓』、水上勉『雁の寺』。

そして勿論、夏目漱石『吾輩は猫である』である。余談ながら、この文豪のデビュー作自体が、ホフマン『牡猫ムルの人生観』を参考にしているのは有名だ。また、漱石が絶賛した前出『野菊の墓』にも下敷（参考と言うには似過ぎ）がある。嵯峨の屋おむろ『初戀』『野末の菊』（『初戀』はツルゲーネフ『初恋』のオマージュ）だ。『野菊の墓』が雑誌に発表された当時、おむろは健在のはずで、著作権に寛容な時代だったのだろう。尚、三次使用した『デイジーの恋』に出てくる矢切女子高校は実在せず、小見川高校を紹介する番組より着想を得て、国府台高校の練習風景を見学し構想を練った。生徒の皆さんに感謝したい。

閑話休題。私は末っ子で妹がいないし、落語界へ転身した時には両親もいなかった。作中に自伝的要素は殆どなく、主人公と共通するのは、競走馬サンデーサイレンスのレースを生観戦したこと、人の顔をおぼえられないこと、骨髄ドナーになったこと、くらいか。左の奥附に記載された発行日十月一日は、私が二ツ目に昇進した日であり、骨髄提供依頼がきた日でもある。拙著に文学的価値は皆無だが、骨髄ドナーをちょっと身近に感じられたら、それに勝る喜びはない。

著者

梅田丘匝（うめた きゅうそう）**略歴**：
1962年、千葉県生まれ。旅行添乗員となり全国を廻った後、オーストラリア・カナダでツアーガイド等に従事。帰国し八代目三升家小勝に入門。2013年、伊能忠敬に肖り五十歳を期して大学入学。同年「槇の家」で第56回千葉文学賞受賞。2015年、四代目桂右女助を襲名し真打昇進。同年「初音の日」で第10回ちよだ文学賞受賞。2020年、千葉大学文学部史学科卒業。同年「直木抄」で第19回湯河原文学賞受賞。
著作に「ひこうき雲」「汐さいの地図」（梅田うめすけ・名義）などがある。
（一社）落語協会所属。千葉県在住。

吾妹は姉である

2023年10月1日初版発行
著　者・梅田丘匝
発行者・関田孝正
発行所・ごまめ書房
〒270‐0107 千葉県流山市西深井339-2
電話04-7156‐7121　FAX04‐7156‐7122
振替00180‐8‐462708
印　刷・モリモト印刷株式会社

・定価は、カバーに表示してあります。
ISBN978‐4‐902387‐37‐7